辭賦學綱要

陳去病 著

貴州出版集團
貴州人民出版社

圖書在版編目（CIP）數據

辭賦學綱要 / 陳去病著 . -- 貴陽 : 貴州人民出版社 , 2024. 9. -- ISBN 978-7-221-18607-2

Ⅰ . I207.224

中國國家版本館 CIP 數據核字第 2024QS0719 號

辭賦學綱要

陳去病　著

出 版 人	朱文迅
責任編輯	馮應清
裝幀設計	采薇閣
責任印製	衆信科技

出版發行	貴州出版集團　貴州人民出版社
地　　址	貴陽市觀山湖區中天會展城會展東路 SOHO 辦公區 A 座
印　　刷	三河市金兆印刷裝訂有限公司
版　　次	2024 年 9 月第 1 版
印　　次	2024 年 9 月第 1 次印刷
開　　本	710 毫米 ×1000 毫米 1/16
印　　張	14.5
字　　數	87 千字
書　　號	ISBN 978-7-221-18607-2
定　　價	88.00 元

出版説明

《近代學術著作叢刊》選取近代學人學術著作共九十種，編例如次：

一、本叢刊遴選之近代學人均屬于晚清民國時期，卒于一九一二年以後，一九七五年之前。

二、本叢刊遴選之近代學術著作涵蓋哲學、語言文字學、文學、史學、政治學、社會學、目録學、藝術學、法學、生物學、建築學、地理學等，在相關學術領域均具有代表性，在學術研究方法上體現了新舊交融的時代特色。

三、本叢刊遴選之近代學術著作的文獻形態包括傳統古籍與現代排印本，爲避免重新排印時出錯，本叢刊據原本原貌影印出版。原書字體字號、排版格式均未作大的改變，原書之序跋、附注皆予保留。

四、本叢刊爲每種著作編排現代目録，保留原書頁碼。

五、少數學術著作原書内容有些許破損之處，编者以不改變版本内容爲前提，稍加修補，難以修復之處保留原貌。

六、原版書中個别錯訛之處，皆照原樣影印，未作修改。

由于叢刊規模較大，不足之處，懇請讀者不吝指正。

辭賦學綱要

篇目

辭賦學綱要

吳江陳去病著

楊天驥署

中華民國十六年三月初版

百尺樓叢書
（辭賦學綱要）
定價每部一元二角

箸作者　吳江陳去病

印刷所　國光書局
上海新大沽路六七一號
電話西三七四三號

發行所　東南大學
南京四牌樓
持志大學
上海體育西路
國民大學
上海靜安寺路
競雄女學
上海北成都路
各大書坊

辭賦學綱要敘

自成康沒而頌聲寢，四夷交侵而小雅廢，由是禮崩樂壞，怨悱並興，而風刺之作寖以繁滋矣。七雄擅國，競誇武力，屈宋之徒，獨嫻歌詠，遭時不偶，寃苦傷懷，爰本土風，創為新體，號曰楚辭，芳香悱惻，動人心肺。荀卿繼之，文益譎詭，而辭賦之製益以瑰瑋矣。傳曰：不歌而誦謂之賦。又曰：登高能賦，可以為大夫。蓋賦本六義之一，貴乎敷陳事理，翔實可信，而又體兼比興，詞極璀璨，故班固以為古詩之流，宜於諷誦。特其感物造端，取資弘遠，自非材智深美，實無繇狀夫萬物之情。故能敘其情與事者，當無不可與圖庶政而膺民社。此延陵季子所以聞樂歌而辯國政之良窳焉。漢興四百載，天子右文，學者蔚起，其尤工者，則賈生、枚叔、長卿、子雲、班、張之倫，咸推巨擘。建安以還，仲宣、子建堪稱二妙。六朝綺靡，惟江、鮑獨擅厥長。徐、庾雖曰齊名，而蘭成哀怨，譽動江關，殆一軍之殿已。李唐嗣興，號稱鼎盛，然偏工帖括，絕少弘辭。趙宋卑卑，更無足論。而諷諫之旨，繇是斬焉，不可晞歟！予為是懼，爰采羣籍，推厥本原，肇自周秦，迄於唐宋，成書十五章，名曰辭賦學綱要，聊備有志者之探索亦冀六義之旨於以弗墜古詩之源可得而求則生平所大願也姑書之以爲左券中華民國十六年一月吳江陳去病自敘於綠玉青瑤之館

篇目

辭賦學綱要

百尺樓叢書

吳江 陳去病 述

第一章 總論

班固有言賦者古詩之流也蓋詩有六義一曰風二曰雅三曰頌四曰賦五曰比六曰興（鄭箋次序如此）風雅頌爲詩之經爲詩之體賦比興則詩之緯與詩之用耳經得緯而成章體以用而著績此詩之所以爲道甚博也而賦之爲義在敷陳事理抒寫物情其功效蓋於詩爲特鉅非興比所可及釋名所謂敷布其義是也自王迹熄而詩亡由是比興乃益無所附麗而三楚辭人遂專取義乎賦以自見於世此辭賦之造端而亦詩賦遞嬗之大略也

原夫賦之托始當自鄭莊之大隧與士蔿之賦狐裘此所謂詩人之賦也然氣局褊小明而未融不足以爲模楷至楚莊孺子略具騷些端倪然具體而微不得遽名爲賦也精華鬱積日久必宣屈原儒者身罹亂懷抱忠憤莫之能[illegible]激揚

士風綜甄六義一變其體而作離騷洋洋纚纚凡二千四百九十餘言悱惻纏綿幽謦豔逸極馳騁之能事先後都得二十五篇莫不弘博而麗雅故自古推爲辭賦之大宗蓋楚本善歌漢廣江汜其詩早列於二南占風雅之先被周召之化故三百篇中楚雖無風猶之乎其有風也今遽得屈氏之才之博攫拏騰趠變化無端非佛非仙亦儒亦俠登高一呼萬山皆應而宋玉唐勒景差之徒乃彬彬虖蔚然起矣

顧其人楚也其國楚也其文其理亦無不楚也故其後謂之楚辭例若王風豳風云爾而馬班撰史直稱曰賦蓋紀實也（史記屈原傳云乃作懷沙之賦漢書藝文志首列屈原賦二十五篇末復叢成相雜辭十一篇隱書十八篇中間又有李思孝景皇帝頌十五篇可見賦之範圍甚廣不必拘拘於一體也至隋志始謝列楚辭一家蓋本諸王逸章句云）然厥製屢變至宋以後遂有古俳文律四體之分（見後徐師曾文體明辨）特既名古賦似卽須有一今賦以概其餘若古今體詩者然寧不簡當而曰俳與文律爲哉乃以余觀之古賦云者實兼有楚辭漢賦其中而卜居漁父高唐神女與荀卿諸賦其爲文賦之傑

構者顧皆忽焉不察而獨誤信歐蘇等作謂爲文賦其所見不遠出后山晦庵二公以下萬萬耶（說詳祝氏古賦辨體）當湖陸氏知之其所撰歷朝賦格統分文騷駢三格似較簡當余故遵其說並博綜羣籍刪其要歸著之篇備覽觀焉

漢書藝文志傳曰不歌而誦謂之賦登高能賦可以爲大夫言感物造端材智深美可以與圖政事故可以列爲大夫也（今本漢書作列大夫太平御覽引作列爲大夫）古者諸侯卿大夫交接鄰國以微言相感當揖讓之時必稱詩以諭其志蓋以別賢不肖而觀盛衰焉故孔子曰不學詩無以言也春秋之後周道寖壞聘問歌詠不行於列國學詩之士逸在布衣而賢人失志之賦作矣大儒孫卿及楚臣屈原離讒憂國皆作賦以風咸有惻隱古詩之義其後宋玉唐勒漢興枚乘司馬相如下及揚子雲競爲侈麗閎衍之詞沒其風諭之義是以揚子悔之案揚子法言或問吾子少而好賦曰然童子雕蟲篆刻俄而曰壯夫不爲也或曰賦可以諷乎曰諷則已不已吾恐不免於勸也或曰霧縠之組麗曰女工之蠹矣劍客論曰劍可以愛身曰狴犴使

人多禮乎或問景差唐勒宋玉枚乘之賦也益乎曰必也淫淫則奈何曰詩人之賦麗以則辭人之賦麗以淫如孔氏之門用賦也則賈誼登堂相如入室矣如其不用何（吾子篇）

又王褒傳辭賦大者與古詩同義小者辯麗可喜辟如女工有綺縠音樂有鄭衞今世俗猶皆以此虞說耳目辭賦比之尚有仁義風諭鳥獸草木多聞之觀賢於倡優博奕遠矣（節漢宣帝語）

西京雜記司馬相如為上林子虛賦意思蕭散不復與外相關控引天地錯綜古今忽然而睡煥然而興幾百日後成其友人盛覽字長通牂牁名士嘗問以作賦相如曰合纂組以成文列錦繡而為質一經一緯一宮一商此作賦之迹也賦家之心苞括宇宙總覽人物斯乃得之於內不可得其傳也乃作合組歌列錦賦而退終身不復敢言作賦之心矣

摯虞文章流別論賦者敷陳之稱古詩之流也古之作詩者發乎情止乎禮義情

之發因辭以形之禮義之指須事以明之故有賦焉所以假象盡辭敷陳其志前世爲賦者有孫卿屈原尚頗有古詩之義至宋玉則多淫浮之病矣楚辭之賦賦之善者也故揚子稱賦莫深於離騷賈誼之作則屈原儔也古詩之賦以情義爲主以事類爲佐今之賦以事形爲本以義正爲助情義爲主則言省而文有例矣事形爲本則言當而辭無常矣文之煩省辭之險易蓋由於此夫假象過大則與類相遠逸辭過莊則與事相違辯言過理則與義相失麗靡過美則與情相悖此四過者所以背大體而害政教是以司馬遷割相如之浮說揚雄疾辭人之賦麗以淫也

徐師曾文體明辯詩有六義其二曰賦所謂賦者敷陳其事而直言之也古者諸侯卿大夫交接鄰國揖讓之時必稱詩以喻意以別賢不肖而觀盛衰如晉公子重耳之秦秦穆公饗之賦六月魯文公如晉晉襄公饗之賦菁菁者莪鄭穆公與魯文公宴於棐子家賦鴻雁魯穆叔如晉見中行獻子賦圻父之類皆以吟咏性

情各從義類故情形於辭則麗而可觀辭合於理則則而可法揚雄所謂詩人之賦麗以則者是已春秋之後聘問咏歌不行列國學詩之士逸在布衣而賢士失志之賦作矣卽前所列楚辭是也揚雄所謂詞人之賦麗以淫者正指此也然自今而觀楚辭亦發乎情而用以爲諷實兼六義而時出之辭雖太麗而義尚可則趙人荀況游宦於楚攷其時在屈原之前所作五賦工巧深刻純用隱語別爲一家兩漢而下獨賈生以命世之才俯就騷律非一時諸人所及它如相如長於敘事而或昧於情揚雄長於說理而或略於辭至於班固辭理俱失若是者何凡以不發乎情耳然上林甘泉極其鋪張終歸於諷諫而風之義未泯兩都等賦極其炫耀終折以法度而雅頌之義未泯長門自悼等賦緣情發意託物興詞咸有和平從容之意而比興之義未泯故君子猶以爲古賦之流三國兩晉沿及六朝再變而爲俳唐人又再變而爲律宋人又再變而爲文夫俳賦尙辭而失於情故讀之者無興起之妙趣不可以言則矣文賦尙理而失於辭故讀之者無咏歌之遺

音。不。可。以。言。麗。矣。至於律賦。其變愈下。始於沈約四聲八病之拘。中於徐庾隔句作對之陋。終於隋唐宋取士限韻之制。但以音律諧協。對偶精切為工。而情與辭皆置。勿。論。故今分為四體。一曰古賦。二曰俳賦。三曰文賦。四曰律賦。各取數首以列於篇。

袁黃羣書備考。自風雅亡而賦作。去古未遠。梗概足述。導源性情。比興互用。六義彰矣。諄復貫珠。千言非贅。情理罄矣。規橅天地。聲象萬物。體無常式。變化殫矣。四聲不局。八病匪瑕。宮商縱矣。賦也者。篇章之象箸。而歌謠之鍾呂也。靈均而降。作者代起。荀卿窮理立言。因物賦象。絳幃格論。麈尾清言也。宋玉以文緯情。雅奧婉至。多風而可繹。楚臣之堂奧也。枚乘八公長卿之流。披形錯貌。雕藻極妍。麗而不浮。辭人之軌轍也。若忠憤激昂。直寫胸臆。篇不繪句。句不琢字。賈誼是也。比偶為工。新聲競爽。詞賦之漫衍。陸謝江鮑之波漸也。大抵賦擅於楚。昌於西京。叢於東都。沿於魏晉。敝於五代。迨律賦興而斬然盡矣。此其概可舉者。自愚意論之。詩莫病於輕淺。賦莫病於艱深。學步可嗤。效顰增醜。有能肖心吐理。觸吻成文。變合風雲。自出機軸。斯足貴耳。三復楚辭。眷戀宗國。九死不忘。至於天問。曾無詮次。婉惻彌深。此豈有成轍可倣哉。後世諸君子。愛櫝忘珠。極意鏤畫。無疾而呻。人爲掩耳。晚近尤甚。字取駭目。故必艱。文取闢靡。故必冗。險韻在几。類書充棟。一經繙閱。可就萬言。寧須廁溷置筆硯哉。蓋賦體弘奧。非可取帖括鉛槧語比而韻之以塞白也。然吾欲以其宏且肆者。盡吾才。而不欲借以文吾短。以其古且奥者。宜其體。而不欲因以晦吾意。浮雲無心。賦形爲象。吹萬成音。不假管絃。豈非天地間眞賦哉。昭代此道。上掩唐宋。操觚輩出。探摭富麗。體式古雅。洵足繼漢晉而稱雄矣。然亦擬議合轍。沿波爲淪耳。盡抉蹊徑。嗣響靈均。尙俟君子。

第二章　荀卿　案荀卿在屈宋之後今爲編輯上利便計特提列于前

荀卿、名況。趙國人。仕楚爲蘭陵令。據漢書藝文志載孫卿賦十篇。王應麟云。荀子賦篇、禮、知、雲、蠶、箴。又有佹詩。張惠言七十家賦鈔荀況六篇。注云。佹詩指上五篇。

非天地易位以下。然則末篇。蓋結論也。其賦雖分爲六。實則更端起義。綜結本旨。可分可合。六篇猶之乎一篇也。屈平九章。宋玉九辯。枚乘七發。東方七諫。殆皆同此體。製而變化之歟。今錄其辭如下。

爰有大物。非絲非帛。文理成章。非日非月。爲天下明。生者以壽。死者以葬。城郭以固。三軍以强。粹而王。駁而伯。無一焉而亡。臣愚不識。敢請之王。王曰。此夫文而不采者與。簡默易知而致有理者歟。君子所敬而小人所不者歟。性不得則若禽獸。性得之則甚雅似者與。匹夫隆之則爲聖人。諸侯隆之則一四海者與。致明而約。甚順而體。請歸之禮。禮（汲惠言云禮以成治知以行之禮與知不平荀子以禮爲粹而王三句領後三篇）

皇天降物。以示下民。或或爲薄。常不齊均。桀紂以亂。湯武以賢。涽涽淑淑。皇皇穆穆。周流四海。曾不崇日。君子以修。跖以穿室。大參於天。精微而無形。行義以正。事業以成。可以禁暴足窮。百姓待之而後泰寧。臣愚不識。願問其名。曰。此夫安寬平而危險隘者邪。修潔之爲親而雜汙之爲狄者邪。其深藏而外勝敵者邪。法禹舜

而能弇迹者耶。行爲動靜。待之而後適者耶。血氣之精也。志意之榮也。百姓待之
而後寧也。天下待之而後平也。明達純粹而無疵也。夫是之謂君子之知。知（漫云禮爲
定名知爲虛位致別之曰君子之知）

有物於此。居則周靜致下。動則綦高以鉅。圓者中規。方者中矩。大參（藝文類聚作齊）天地。
德厚堯禹。精微乎毫毛。而充盈乎大寓。忽兮其極之遠也。攭兮其相逐而反也。卬
卬兮天下之咸蹇也。德厚而不捐。五采備而成文。往來惽憊。通於大神。出入甚極。
莫知其門。天下失之則滅。得之則存。弟子不敏。此之願陳。君子設辭。請測意之。曰、
此夫大而不塞者歟。充盈大宇而不窕。入郤穴而不偪者歟。行遠疾速而不可託
訊（楊注云本或作託訓）者與。往來惽憊而不可爲固塞者與。暴戾殺傷而不億忌者與。功被
天下而不私置者與。託地而游宇、友風而子雨、冬日作寒、夏日作暑、廣大精神。請
歸之雲。雲。（又云髣以喻粹而玉）

有物於此。儳儳兮其狀。屢化如神。功被天下。爲萬世文。禮樂以成。貴賤以分。養老

長幼待之而後存。名號不美。（蠶以近殘故曰名號不美）與暴爲鄰。功立而身廢。事成而家敗。棄其耆老。收其後世。人屬所利。飛鳥所害。臣愚而不識。請占之五泰。五泰占之曰。此夫身女好而頭馬首者與。屢化而不壽者與。善壯而拙老者與。有父母而無牝牡者與。冬伏而夏游。食桑而吐絲。前亂而後治。夏生而惡暑。喜濕而惡雨。蛹以爲母。蛾以爲父。三俯三起。事乃大已。夫是之謂蠶理。蠶。（蠶以喻殿而伯蠶箴言理蠶名惡而理美箴名美而理惡也）

有物於此。生於山阜。處於室堂。無知無巧。善治衣裳。不盜不竊。穿窬而行。日夜合離。以成文章。以能合從。又善連衡。下覆百姓。上飾帝王。功業甚博。不見賢良。時用則存。不用則亡。臣愚不識。敢請之王。王曰。此夫始生鉅其成功小者邪。長其尾而銳其剽者邪。頭銛達而尾趙繚者邪。一往一來。結尾以爲事。無羽無翼。反覆甚極。尾生而事起。尾邅而事已。簪以爲父。管以爲母。既以縫表。又以連裏。夫是之謂箴理。箴。（箴以喻縱橫之術雖濟一時終亦必亡申無一爲而亡也）

天下不治。請陳佹詩。（佹詩指正上五篇非天地易位以下）天地易位。四時易鄉。列星隕墜。旦暮晦盲。

幽晦登昭。日月下藏。公正無私。反見從橫。志愛公利。重樓疏堂。無私罪人。憼革貳兵。道德純備。讒口將將。仁人絀約。敖暴擅彊。天下幽險。恐失世英。螭龍爲蝘蜓。鴟梟爲鳳皇。比干見刳。孔子拒匡。昭昭乎其知之明也。郁郁乎其遇時之不祥也。拂乎其欲禮義之大行也。闇乎天下之晦盲也。皓天不復。憂無疆也。千歲必反。古之常也。弟子勉學。天下忘也。聖人共手。時幾將矣。與愚以疑。願聞反辭。（與愚二句第子問辭小歌以下答以反辭也）其小歌曰。（本多作也）念彼遠方。何其塞矣。仁人絀約。暴人衍矣。忠臣危殆。讒人服（楊注云本或作般）矣。琁玉瑤珠。不知佩也。雜布與錦。不知異也。闍娵子奢。（楊注云奢當爲都從語作明陬子都）莫之媒也。嫫母力（或作刁）父。是之喜（或作嘉謀）也。以盲爲明。以聾爲聽。以危爲安。以吉爲凶。嗚呼上天。曷維其同。

按荀子又有成相篇。王應麟云。蓋亦賦之流也。此據漢書藝文志列成相於雜賦。故特云然。乃吳訥文章辯體。泥於祝堯古賦辯體之說。列成相於古詩。不亦謬歟。今並錄於下。以明古賦之不一。其體云。

請成相。世之殃。愚闇愚闇墮賢良。人主無賢。如瞽無相何倀倀。請布基。愼聖人。愚而自專。事不治。主忌苟勝。羣臣莫諫必逢災。論臣過。反其施。尊主安國尚賢義。拒諫飾非。愚而上同國必禍。曷謂罷。國多私。比周還主黨與施。遠賢近讒。忠臣蔽塞主勢移。曷謂賢。明君臣。上能尊主愛下民。主誠聽之。天下爲一海內賓。主之孽。讒人達。賢能遁逃國乃蹷。愚以重愚。闇以重闇成爲桀。世之災。妬賢能。（去府案能當讀如耐平聲）飛廉知政任惡來。卑其志意。大其園囿高其臺榭。武王怒。師牧野。紂卒易鄉。啓乃下。武王善之。封於宋立其祖。世之衰。讒人歸。比干見刳箕子累。武王誅之。呂尚招麾殷民懷。世之禍。惡賢士。子胥見殺百里徙。穆公得之。强配五伯六卿施。世之愚。惡大儒。逆斥不通孔子拘。展禽三絀。春申道綴基畢輸。請牧基。賢者思。堯在萬世如見之。讒人罔極。險陂傾側此之疑。基必施。辨賢罷。文武之道同伏戲。由之者治。不由者亂何疑爲。凡成相。辨法方。至治之極復後王。愼墨季惠。百家之說誠不詳。治復一。修之吉。君子執之心如結。衆人貳之。讒夫棄之形是詰。水至平。端不傾。心

術如此象聖人而而上疑脫一字有勢直而用抴必參天世無王窮賢良暴之芻豢仁人
糟糠禮樂滅息聖人隱伏墨術行治之經禮與刑君子以修百姓寧明德愼罰國
家既治四海平治之志後勢富君子誠之好以待處之敦固有有讀又深藏之能遠
思思乃精志乃榮好而壹之神以成精神相反一而成貳爲聖人治之道美不老
君子山之佼以好下以敎誨子弟上以事祖考成相竭辭不蹷君子道之順以達
宗其賢良辨其殃孽

請成相道聖王堯舜尙賢身辭讓許由善卷重義輕利行顯明堯讓賢以爲民氾
利兼愛德施均辨治上下貴賤有等明君臣堯授能舜遇時尙賢推德天下治雖
有賢聖適不遇世孰知之堯不德舜不辭妻以二女任以事大人哉舜南面而立
萬物備舜授禹以天下尙德推賢不失序外不避仇內不阿親賢者予禹勞心力
堯有德干戈不用三苗服舉舜甽畝任之天下身休息得后稷五穀殖夔爲樂正
鳥獸服契爲司徒民知孝弟尊有德禹有功抑下鴻辟除民害逐共工北抉九河

通十二渚疏三江禹溥土平天下（去病案下當讀如戶）躬親爲民行勞苦得益皋陶橫革直成爲輔契玄王生昭明居於砥石遷於商十有四世乃有天乙是成湯天乙湯論舉當身讓卞隨舉牟光道古賢聖基必張

願陳辭世亂惡善不此治隱諱疾賢良由姦詐鮮無災患難哉阪爲先聖知不用愚者謀前車已覆後未知更何覺時不覺悟不知苦迷惑失指易上下忠不上達蒙揜耳目塞門戶門戶塞大迷惑悖亂昏莫不終極是非反易比周欺上惡正直正是惡心無度邪枉辟回失道途已無郵人我獨自美豈獨無故（或曰下無獨字）不知戒後必有恨後遂過不肯悔讒夫多進反覆言語生詐態人之態不如備（如當爲知言人爲詐）（聽上不知爲備）爭寵嫉賢利惡忌妬功毀賢下斂黨與上蔽匿上壅蔽失輔勢任用讒夫不能制孰公長父之難（孰或爲郭）厲王流於彘周幽厲所以敗不聽規諫忠是害（去病案歷當讀如縣）嗟我何人獨不遇時當亂世欲衷對言不從恐爲子胥身離凶（去病案衷對當作對衷）進諫不聽剄而獨鹿棄之江觀往事以自戒治亂是非亦可識托於成相以喻意

請成相言治方君論有五約以明君謹守之下皆平正國乃昌臣下職莫游食務本節用財無極事業聽下莫得相使一民力守其職足衣食厚薄有等明爵服利往卬上莫得擅與孰私得君法明論有常表儀既設民知方進退有待莫得貴賤孰私王君法儀禁不爲莫不說教明不移修之者榮離之者辱孰它師刑稱陳守其銀（銀謂當罪當罪之法施陳則各守其分限稱凡證反銀與垠同）下不得用輕私門罪禍有律莫得輕重威不分請牧祺明有基（請牧治吉祥之事在明其所有之基業）主好論議必善謀五聽循領莫不理續主執持聽之經明其請（請當爲情）參伍明謹施賞刑顯者必得隱者復顯民反誠言有節稽其實信誕以分賞罰必下不欺上皆以情言明若日上通利隱遠至觀法不法見不視耳目既顯吏敬法令莫敢恣（以上君論有五之事也）君教出行有律吏謹將之無鈹滑下不私請各以宜舍巧拙臣謹修君制變公察善思論不亂以治天下後世法之成律貫

案此篇純以三言七言與四言七言參錯成文章法至爲奇偉而其辭亦鏗鏘激

起自成節奏殆緣春申死後坐廢家居感而成誦者歟（觀首章自見）蓋荀卿先遊於齊三爲祭酒及後被讒乃始適楚春申君黃歇舉以爲蘭陵令又被讒去而之趙既而歇用客言仍使人聘卿卿乃遺書春申並爲歌賦以刺楚國春申因謝卿復爲蘭陵令然則卿之於春申不可非知己也惜往日而望將來遭亂離而思盛治其用情之深命意之遠一篇之中反覆周至要當與離騷並駕齊驅莫容軒輊也爾又案此篇計分四章準以張氏惠言合佹詩爲六之說則四章亦可爲四篇而藝文所載荀卿賦十篇固未見其缺失也

第三章　屈原

屈原名平楚同姓也仕懷王爲三閭大夫謀行職修王甚珍之同列大夫上官靳尚妬害其能共譖毀之王乃疏屈原當是時周室衰楊墨鄒孟孫韓之徒各以所知箸造傳記以述古而明世獨原履忠被讒憂心煩亂不知所愬乃依詩人之義而作離騷上以諷諫下以自慰遭時暗亂不見省納遂復作九歌以下二十五篇

楚人高其行義瑋其文采以相教傳及馬遷作史始爲論次曰離騷者猶離憂也蓋自怨生也國風好色而不淫小雅怨誹而不亂（二語本出淮南子史公蓋節取之）若離騷者可謂兼之矣上稱帝嚳下道齊桓中述湯武以刺世事明道德之廣崇治亂之條貫靡不畢見其文約其辭微其志潔其行廉其稱文小而其指極大舉類邇而見義遠其志潔故其稱物芳其行廉故死而不容自疏濯淖汚泥之中蟬蛻于濁穢以浮游塵埃之外不獲世之滋垢皭然泥而不滓者也推此志也雖與日月爭光可也同時漢武復命淮南王安作離騷經章句而後大義燦然至劉向典校經書分爲十六卷班固賈逵復以所見改易前疑各作離騷經章句其餘十五卷闕焉不說而王逸又病其乖舛乃重作章句十六卷卽今所傳之本是也其敍以爲離別也騷愁也經徑也言以放逐離別中心愁思猶陳直經以諷諫君也故上述唐虞三代之制下序桀紂羿澆之敗冀君覺悟及于正道而還已也其辭依詩取興引類譬諭故善鳥香草以配忠貞惡禽臭物以比讒佞靈修美人以媲于君宓妃佚

女以譬賢臣虬龍鸞鳳以託君子飄風雲霓以爲小人其詞溫而雅其義皎而朗凡百君子莫不慕其清高嘉其文采哀其不遇而閔其志焉按原諸文莫不瑰瑋可觀而離騷尤號千古奇作詞林模楷故備錄之俾知騷體之所從出焉其詞曰

帝高陽之苗裔兮朕皇考曰伯庸攝提貞於孟陬兮惟庚寅吾以降皇覽揆余選下有於字初度兮肇錫余以嘉名名余曰正則兮字余曰靈均紛吾既有此內美兮又重之以修能扈江離與辟芷兮紉秋蘭以爲佩汨余若將不及兮恐年華之不吾與朝搴阰之木蘭兮夕攬洲之宿莽日月忽其不淹兮春與秋其代序惟草木之零落兮恐美人之遲暮不撫壯而棄穢兮何不改乎此度也乘騏驥以馳騁兮來吾道夫先路昔三后之純粹兮固衆芳之所在雜申椒與菌桂兮豈惟紉夫蕙茝彼堯舜之耿介兮既遵道而得路何桀紂之猖披兮夫惟捷徑以窘步惟夫選無此字黨人之偸樂兮路幽昧以險隘豈余身之憚殃兮恐皇輿之敗績忽奔走以先後兮及前王之踵武荃不察余之中情兮反信讒而齊怒余固知謇謇之爲患兮忍

而不能舍也指九天以爲正兮夫惟靈修之故也初既與余成言兮後悔遁而有他余既不難夫（疑無此字）離別兮傷靈修之數化余既滋蘭之九畹兮又樹蕙之百畮畦留夷與揭車兮雜杜衡與芳芷冀枝葉之峻茂兮願竢時乎吾將刈雖萎絕其亦何傷兮哀衆芳（衆芳即指道德薦謂衆賢非指）之蕪穢（以上一節傷有道之不見用也）衆皆競進以貪婪兮憑不厭乎求索羌內恕己以量人兮各興心而嫉妒忽馳騖以追逐兮非余心之所急老冉冉其將至兮恐修名之不立朝飲木蘭之墜露兮夕餐秋菊之落英苟余情其信姱以練要兮長顑頷亦何傷擥木根以結茝兮貫薜荔之落蘂矯菌桂以紉蕙兮索胡繩之纚纚謇吾法夫前修兮非世俗之所服雖不周於今之人兮願依彭咸之遺則（彭咸之遺則謂其道也彭咸之所居謂其死也不可混看）長太息以掩涕兮哀民生之多艱余雖好修姱以鞿羈兮謇朝誶而夕替既替余以蕙纕兮又申之以攬茝亦余心之所善兮雖九死其猶未悔怨靈修之浩蕩兮終不察夫民心衆女嫉余之蛾眉兮謠諑謂余以善淫固時俗之工巧兮偭規矩而改錯背繩墨以追曲兮競周容以爲

度。忳鬱邑余侘傺兮。吾此選無字獨窮困乎此時也。寧溘死以流亡兮。余不忍為此態也。鷙鳥之不羣兮。自前世而固然。何方圜之能周兮。夫孰異道而相安。屈心而抑志兮。忍尤而攘詬。伏清白以死直兮。固前聖之所厚。以上一節言不特修名不立嫉妒者必擠之至死悔相道之不察兮。延佇乎吾將反。回朕車以復路兮。及行迷之未遠。步余馬於蘭皋兮馳椒邱且焉止息。進不入以離尤兮。退將復修吾初服。製芰荷以為衣兮。集芙蓉以為裳。不吾知其亦已兮。苟余情其信芳。高余冠之岌岌兮。長余佩之陸離。芳與澤其雜糅兮。惟昭質其猶未虧。忽反顧以遊目兮。將往觀乎四荒。佩繽紛其繁飾兮芳菲菲其彌章。民生各有所樂兮。余獨好修以為常。雖體解吾猶未變兮。豈余心之可懲。此節言將高蹈而不忍孳遭嫉妒不以避禍而恝然君國也往觀四荒節下文上下求索

女嬃之嬋媛兮。申申其詈予。曰鮌婞直以亡身兮。終然殀乎羽之野。汝何博謇而好修兮。紛獨有此姱節。薋菉葹以盈室兮。判獨離而不服。衆不可戶說兮。孰云察余之中情。世並舉而好朋兮。夫何煢獨而不余聽。以上女嬃勸以貶節辭

依前聖以節中兮。喟憑心而歷茲。濟沅湘以

南征兮。就重華而敶詞。啟九辯與九歌兮。夏康娛以自縱。不顧難以圖後兮。五子用失乎家巷。羿淫遊以佚畋兮。又好射乎封狐。固亂流其鮮終兮。浞又貪夫厥家。澆身被服強圉兮。縱欲殺而不忍。日康娛而自忘兮。厥首用夫顛隕。夏桀之常違兮。乃遂焉而逢殃。后辛之菹醢兮。殷宗用而不長。湯禹儼而祇敬兮。周論道而莫差。舉賢而授能兮。循繩墨而不頗。皇天無私阿兮。覽民德焉錯輔。夫惟聖哲以茂行兮。苟得用此下土。瞻前而顧後兮。相觀民之計極。夫孰非義而可用兮。孰非善而可服。阽余身而危死兮。覽余初其猶未悔。不量鑿而正枘兮。固前修以菹醢。曾歔欷余鬱邑兮。哀朕時之不當。攬茹蕙以掩涕兮。霑余襟之浪浪。（以上陳辭重華言道不可貶）

跪敷衽以陳辭兮。耿吾既得此中正。駟玉虬以乘鷖兮。溘埃風余上征。（接上往觀四荒以訴道騁馳也）朝發軔於蒼梧兮。夕余至乎縣圃。欲少留此靈瑣兮。日忽忽其將暮。吾令羲和弭節兮。望崦嵫而勿迫。路曼曼其脩遠兮。吾將上下而求索。（上謂君下謂臣帝閽不開傷懷王高邱無女傷楊闕也）飲余馬於咸池兮。總余轡乎扶桑。折若木以拂日兮。聊逍遙（選作須臾）以相

羊前望舒使先驅兮後飛廉使奔屬鸞皇爲余先戒兮雷師告余以未具吾令鳳
鳥飛騰兮（選鳥作皇下有兮字）兮繼之以日夜飄風屯其相離兮帥雲霓而來御紛總總其
離合兮斑陸離其上下吾令帝閽開關兮倚閶闔而望予時曖曖其將罷兮結幽
蘭而延佇世溷濁而不分兮好蔽美而嫉妒朝吾將濟於白水兮登閬風而緤馬
忽反顧以流涕兮哀高丘之無女溘吾遊此春宮兮折瓊枝以繼佩及榮華之未
落兮相下女之可詒吾令豐隆乘雲兮求宓妃之所在解佩纕以結言兮吾令蹇
修以爲理紛總總其離合兮忽緯繣其難遷夕歸次於窮石兮朝濯髮乎洧盤改
厥美以驕敖兮日康娛以淫遊雖信美而無禮兮來違棄而改求（即閱芷變而不芳之意）覽
相觀於四極兮周流乎天余乃下望瑤臺之偃蹇兮見有娀之佚女吾令鴆爲媒
兮鴆告余以不好雄鳩之鳴逝兮余猶惡其佻巧心猶豫而狐疑兮欲自適而不
可鳳皇既受詒兮恐高辛之先我欲遠集而無所止兮聊浮遊以逍遙及少康之
未家兮留有虞之二姚理弱而媒拙兮恐導言之不固世溷濁而嫉賢兮好蔽美

而稱惡。閨中既以邃遠兮。哲王又不寤。懷朕情而不發兮。余焉能忍與此終古。（以上一節言以道誘掖楚之君臣卒不能悟）

索藑茅以筳篿兮。命靈氛爲余占之。曰兩美其必合兮。孰信修而慕之。思九州之博大兮。豈惟是其有女。（惟承求女不忍言求君也）曰勉遠逝而無狐疑兮。孰求美而釋女。何所獨無芳草兮。爾何懷乎故宇。世幽昧以眩曜兮。孰云察余之善（選作美）惡。民好惡其不同兮。惟此黨人其獨異。戶服艾以盈要兮。謂幽蘭其不可佩。覽察草木其猶未得兮。豈珵美之能當。蘇糞壤以充幃兮。謂申椒其不芳。（以上靈氛辭勸其去楚）

欲從靈氛之吉占兮。心猶豫而狐疑。巫咸將夕降兮。懷椒糈而要之。百神翳其備降兮。九疑繽其並迎。皇剡剡其揚靈兮。告余以吉故。曰勉陞降以上下兮。求榘矱之所同。湯禹嚴而求合兮。摯咎繇而能調。苟中情其好修兮。又（選無此字）何必用夫行媒。說操築於傅巖兮。武丁用而不疑。呂望之鼓刀兮。遭周文而得舉。甯戚之謳歌兮。齊桓聞以該輔。及年歲之未晏兮。時亦猶其未央。恐鵜鴂之先鳴兮。使夫（選無此字）百草爲之不芳。何瓊佩之偃蹇兮。衆薆然而蔽之。惟此黨人之不諒兮。恐嫉妒而折之。巫咸之言以嫉妒折之爲主所以聞而將遠逝也時繽紛其變易兮。又何可以淹留。蘭芷變而不芳兮。荃蕙化而爲茅。何昔日之芳草兮。今直爲此蕭艾也。豈其有他故兮。莫好修之害也。余以蘭爲可恃兮。羌無實而容長。委厥美以從俗兮。苟得列乎衆芳。椒專佞以慢慆兮。樧又欲充夫選作其佩幃。既干進而務入兮。又何芳之能祗。固時俗之從流兮。又孰能無變化。覽椒蘭其若茲兮。又況揭車與江離。惟茲佩其可貴兮。委厥美而歷茲。芳菲菲而難虧兮。芬至今猶未沬。和調度以自娛兮。聊浮遊而求女。及余飾之方壯兮。周流觀乎上下。以上巫咸詞言楚不可留

靈氛既告余以吉占兮。歷吉日乎吾將行。折瓊枝以爲羞兮。精瓊爢以爲粻。爲余駕飛龍兮。雜瑤象以爲車。何離心之可同兮。吾將遠逝以自疏。九州求女因所不忍而嫉妒之折又可畏則有遠逝自疏聊以遠害耳而又不忍故決從彭咸所居也邅吾道夫崑崙兮。路修遠以周流。揚雲霓之晻藹兮。鳴玉鸞之啾啾。朝發軔於天津兮。夕余至乎西極。鳳皇翼其承旂兮。高翺翔之翼翼。忽吾行此流沙兮。遵赤水而容與。麾蛟龍使梁津兮。詔西皇使涉予。路修遠以多艱兮。騰衆車使徑待。路不周

以左轉兮指西海以爲期屯余車其千乘兮齊玉軑而並馳駕八龍之婉婉兮載雲旗之委蛇抑志而弭節兮神高馳之邈邈奏九歌而舞韶兮聊假日以娛樂陟陞皇之赫戲兮忽臨睨夫舊鄉僕夫悲余馬懷兮蜷局顧而不行亂曰已矣哉國無人莫我知兮又何懷乎故都既莫足與爲美政兮吾將從彭咸之所居願俟時乎吾將刈延佇乎吾將反吾將上下而求索吾將遠逝以自疏吾將從彭咸之所居五句自爲層次

九歌凡十一篇非僅九篇也其旨與離騷相發明而其辭則爲祀神之作耳蓋荆楚之俗好禨祥原既被放爰於其時行吟澤畔知夫其志之不得伸于君國也乃不獲已而愬之于神其心亦良苦矣以辭調與離騷同故不復綴九章遠遊均然天問則異是體既簡質類於葩經而設爲問答層見叠出如游山陰道上千巖競爽萬壑爭流令人幾有應接不暇之勢不在荀卿佹詩之後而開文賦一派卜居漁父其尤顯著者也抑予攷之問答一體實爲自古文章家萬不可少之事蓋自有問答而後賓主意義因辨難而愈得其正觀於六經諸子無或不然寧第辭賦

三二

而已哉故離騷中亦設爲女嬃靈氛巫咸諸辭正所以反覆致意云爾可無悟諸離騷之文幽微恍惚莫可名狀後人爭相詮釋要皆無關弘旨獨彥和辨騷頗能闡發爲學者所宗茲特類次如下藉尋途徑云爾

劉勰文心雕龍辨騷第五

自風雅寢聲莫或抽緒奇文鬱起其離騷哉固已軒翥詩人之後奮飛辭家之前豈去聖之未遠而楚人之多才乎昔漢武愛騷而淮南作傳以爲國風好色而不淫小雅怨誹（元作謗許改）而不亂若離騷者可謂兼之蟬蛻穢濁之中浮游塵埃之外皭然涅而不緇雖與日月爭光可也班固以爲露才揚己忿懟沉江羿澆二姚與左氏不合崑崙懸（一作玄）圃非經義所載然其文辭麗雅爲詞賦之宗雖非明哲可謂妙才王逸以爲詩人提耳屈原婉順離騷之文依經立義駟虬乘翳則時乘六龍崑崙流沙則禹貢敷土名儒辭賦莫不擬其儀表所謂金相玉質百世無匹者也及漢宣嗟歎以爲皆合經術楊雄諷味亦言體同詩雅四家舉以方經而孟堅謂

不合傳。褒貶任聲。抑揚過實。可謂鑑而弗精。玩而未覈者也。將覈其論。必徵言焉。故其陳堯舜之耿介。稱湯武之祇敬。典誥之體也。譏桀紂之猖披。傷羿澆之顚隕。規諷之旨也。虬龍以喻君子。雲蜺以譬讒邪。比興之義也。每一顧而淹涕。歎君門之九重。忠怨之辭也。觀茲四事。同於風雅者也。至於託雲龍。說迂怪。豐隆求宓妃。鴆鳥媒娀女。詭異之辭也。康回傾地。夷羿彈（元作敝孫改）日。木夫（元作天謝改）九首。土伯三目（元作足朱改）。譎怪之談也。依彭咸之遺則。從子胥以自道。狷狹之志也。士女雜坐。亂而不分。指以爲樂。娛酒不廢。沉湎日夜。舉以爲懽。荒淫之意也。摘此四事。異乎經典者也。故論其典誥則如彼。語其夸誕則如此。固知楚辭者。體慢（元作憲朱據宋本楚辭改）於三代。而風雅於戰國。乃雅頌之博徒。而詞賦之英傑也。觀其骨鯁所樹。肌膚所附。雖取鎔經意。亦自鑄偉辭。故騷經九章。朗麗以哀志。九歌九辯。綺靡以傷情。遠遊天問。瓌詭而惠巧。招魂招隱（馮云招隱楚辭本作大招下云屈宋莫追疑大招爲是）。耀艷而深華。卜居標放言之致。漁父寄獨往之才。故能氣往轢古。辭來切今。驚采絕豔。難與並能矣。自九懷以下。遽躡其跡。而屈宋逸步。莫之能追。故其敍情怨、則鬱伊而易感。述離居、則愴怏而難懷、論山水、則循聲而得貌。言節候、則披文而見時、是以枚賈追風以入麗。馬楊沿波而得奇。其衣、被、詞人、非、一、代也、故才高者菀其鴻裁。中巧者獵其豔辭。吟諷者銜其山川。童蒙者拾其香草。若能憑軾以倚雅頌。懸轡以馭楚篇。酌奇而不失其眞。玩華而不墜其實。則顧盼可以驅辭力。欬唾可以窮文致。亦不復乞靈於長卿。假寵於子淵矣。

第四章　宋玉　唐勒　景差

自屈原既死之後。其弟子宋玉唐勒景差諸人。皆好、辭賦、祖述屈氏、而玉爲之長。漢書藝文志載其賦有十六篇、今所著者、若九辨、招魂、風賦、高唐、神女、登徒子好色、其尤也、他若古文苑所載與文選注、初學記、藝文類聚所引之諷、笛、釣、大言、小言、諸賦、大抵六朝以後假託爲之、未必宋玉作也、唐勒賦、藝文志云有四篇、今亦不傳。惟景差箸賦一篇。卽世所稱大招是已。宋玉九辯、體與九章無異、今不贅述。

招魂辭特瑰麗與遠游天問相出入風賦諸篇則縱橫馳騁不爲騷辨所拘蓋文賦之極則也姚鼐云賦者風雅之變體也楚人最工爲之蓋非獨屈子而已余嘗謂漁父及楚人以弋說襄王宋玉對王問遺行皆設辭無事實皆辭賦類耳太史公劉子政不辨而以事載之蓋非是詞賦固當有韵然古人亦有無韵者以義在託諷亦謂之賦耳觀此知文賦之體由來尚矣寧待宋人而云然哉今錄其辭于後

（一）招魂

朕幼清以廉潔兮身服義而未沫主此盛德兮牽於俗而蕪穢上無所考此盛德兮長離殃而愁苦帝告巫陽曰有人在下我欲輔之魂魄離散汝筮予之巫陽對曰掌夢上帝其（選下有命字）難從若必筮予之恐後之謝（選作謝之）不能復用巫陽焉（筮予歸魂）（猶言保其德也不能自貶以適世終于愁苦而已故曰後之謝不能復用）乃下招曰魂兮歸來（選作來歸）去君之恆幹何爲四方些舍君之樂處而離彼（選作拔）不祥些魂兮歸來東方不可以託些長人千仞

惟魂是索些。十日代出。流金鑠石些。彼皆習之。魂往必釋些。歸來兮（歸來兮選皆作歸來歸來）不
可以託些。魂兮歸來。南方不可以止些。雕題黑齒。得人肉以（選作而）祀。以其骨爲醢
些。蝮蛇蓁蓁。封狐千里些。雄虺九首。往來儵忽。吞人以益其心些。歸兮來不可以
（選無此字）入淫些。魂兮歸來。西方之害。流沙千里些。旋入雷淵。爢散而不可止些。幸而
得脫。其外曠宇些。赤蟻若象。玄蠭若壺些。五穀不生。藂菅是食些。其土爛人。求水
無所得些。彷徉無所倚。廣大無所極些。歸來兮。恐自遺賊些。魂兮歸來。北方不可
以止些。增冰峨峨。飛雪千里些。歸來兮不可以久些。魂兮歸來。君無上天些。虎豹
九關。啄害下人些。一夫九首。拔木九千些。豺狼從目。往來侁侁些。懸人目娭。投之
深淵些。致命於帝。然後得瞑些。歸來（選作歸來歸來下節同）往恐危身些。魂兮歸來。君無下此
幽都些。土伯九約。其角觺觺些。敦脄血拇。逐人駓駓些。參目虎首。其身若牛些。此
皆甘人。歸來。恐自遺災些。魂兮歸來。入修門些。工祝招君。背行先些。秦篝齊縷。鄭
綿絡些。招具該備。永嘯呼些。魂兮歸來。反故居些。天地四方。多賊姦些。像設君室。

靜閒安些高堂邃宇檻層軒些層臺累榭臨高山些網戶朱綴刻方連些冬有突
廈夏室寒些川谷徑復流潺湲些光風轉蕙氾崇蘭些經堂入奧朱塵筵些砥室
翠翹絓曲瓊些翡翠珠被爛齊光些蒻阿拂壁羅幬張些纂組綺縞結琦璜些室
中之觀多珍怪些蘭膏明燭華容備些二八侍宿射遞代些九侯淑女多迅衆些
盛鬋不同制實滿宮些容態好比順彌代些弱顏固植謇（選作謇）其有意些姱容修
態絙洞房些蛾眉曼睩目騰光些靡顏膩理遺視矊些離榭修幕侍君之閒些翡
帷翠帳飾高堂些紅壁沙版玄玉（選下有之字）梁些仰觀刻桷畫龍蛇些坐堂伏檻臨
曲池些芙蓉始發雜芰荷些紫莖屏風文緣波些文異豹飾侍陂陁些軒輬既低
步騎羅些蘭薄戶樹瓊木籬些魂兮歸來何遠爲些室家遂宗食多方些稻粢穱
麥挐黃粱些大苦醎酸辛甘行些肥牛之腱臑若芳些和酸若苦陳吳羹些胹鼈
炮羔有柘漿些鵠酸臇鳧煎鴻鶬些露鷄臛蠵厲而不爽些粔籹蜜餌有餦餭些
瑤漿蜜勺實羽觴些挫糟凍飲酎清涼些華酌既陳有瓊漿些歸來（選作歸來歸來）反

故室敬而無妨些肴羞未通女樂羅些陳鐘按鼓造新歌些涉江采菱發揚荷些美人既醉朱顏酡些娭光眇視目曾波些被文服纖麗而不奇些長髮曼鬋豔陸離些二八齊容起靜舞些衽若交竿撫案下些竽瑟狂會搷鳴鼓些宮庭震驚發激楚些吳歈蔡謳奏大呂些士女雜坐亂而不分些放敶組纓班其相紛些鄭衛妖玩來雜陳些激楚之結獨秀先些菎蔽象棊有六簙些分曹並進遒相迫些成梟而牟呼五白些晉制犀比費白日些鏗鐘搖簴揳梓瑟些娛酒不廢沈日夜些蘭膏明燭華鐙錯些結撰至思蘭芳假些人有所極同心賦些酎飲（選下有既字）盡歡樂先故些魂兮歸來反故居些亂曰獻歲發春兮汨吾南征（選下有些字）菉蘋齊葉兮白芷生（選下有些字）路貫廬江兮左長薄倚沼畦瀛兮遙望博青驪結駟兮齊千乘懸火延起兮玄顏蒸步及驟處兮誘騁先抑騖若通兮引車右還與王趨夢兮課後先君王親發兮憚青兕朱明承夜兮時不可以（選無此字）淹皋蘭被徑兮斯路漸湛湛江水兮上有楓目極千里兮傷春心魂兮歸來兮哀江南

張皋聞云招魂大招諷頃襄也頃襄君臣宴安湛于淫樂而放屈子故招屈子以諷之也巫陽之言女嬃漁父之意亂以懷王講武不可再見國恥未雪宗社將危不啻大聲疾呼矣

（二）風賦

楚襄王游于蘭臺之宮宋玉景差侍有風颯然而至王迺披襟而當之曰快哉此風寡人所與庶人共者邪宋玉對曰此獨大王之風耳庶人安得而共之王曰夫風者天地之氣溥暢而至不擇貴賤高下而加焉今子獨以爲寡人之風豈有說乎宋玉對曰臣聞於師枳句來巢空穴來風其所託者然（李注者字下或有附字非）則風氣殊焉王曰夫風始安生哉宋玉對曰夫風生於地起于青蘋之末浸淫谿谷盛怒于土囊之口緣泰山之阿舞于松柏之下飄忽淜滂激颺熛怒耾耾雷聲迴穴錯迕蹷石伐木梢殺林莽至其將衰也被麗披離衝孔動楗眴煥粲爛離散轉移故其清涼雄風則飄舉升降乘凌高城入于深宮邸華葉而振氣徘徊于桂椒之間翱

翔于激水之上將擊芙蓉之精獵蕙草離秦衡概新夷被荑楊迴穴衝陵蕭條衆芳然後倘佯中庭北上玉堂躋于羅幃經于洞房迺得爲大王之風也（與離騷滋蘭樹蕙同意喻用賢也）故其風中人狀直憯悽淋慄清涼增欷清清泠泠愈病析酲發明耳目寧體便人此所謂大王之雄風也王曰善哉論事夫庶人之風豈可聞乎宋玉對曰夫庶人之風塕然起於窮巷之間堀堁揚塵勃鬱煩冤衝孔襲門動沙堁（李注或爲堀非也）吹死灰（起窮巷則不振沙堁死灰所川非才）駭溷濁揚腐餘邪薄入甕牖至于室廬故其風中人狀直憞溷鬱邑毆溫致溼中心慘怛生病造熱中脣爲胗得目爲蔑啗齰嗽獲死生不卒此所謂庶人之雌風也

張云襄王淫樂不振故以此諷之

（三）高唐賦并序

昔者楚襄王與宋玉遊于雲夢之臺望高唐之觀其上獨有雲氣崪兮直上忽兮改容須臾之閒變化無窮王問玉曰此何氣也玉對曰所謂朝雲者也王曰何謂

朝雲。玉曰、昔者先王嘗游高唐。怠而晝寢。夢見一婦人。曰、妾巫山之女也。爲高唐之客。聞君遊高唐。願薦枕席。王因幸之。去而辭曰。妾在巫山之陽。高邱之岨。旦爲朝雲。暮爲行雨。朝朝暮暮。陽臺之下。旦朝視之如言。故爲立廟。號曰朝雲。王曰、朝雲始出。狀若何也。玉對曰、其始出也。晰兮若松榯。其少進也。晣兮若姣姬。揚袂鄣目。而望所思。忽兮改容。偈兮若駕駟馬。建羽旗。湫兮如風。淒兮如雨。風止雨霽。雲無處所。王曰、寡人方今可以遊乎。玉曰、可。王曰、其何如矣。玉曰、高矣。顯矣。臨望遠矣。廣矣。普矣。萬物祖矣。上屬於天。下見於淵。珍怪奇偉。不可稱論。王曰、試爲寡人賦之。玉曰、唯唯。惟高唐之大體兮。殊無物類之可儀比。巫山赫其無疇兮。道互折而曾累。登巉巖而下望兮。臨大阺之稸水。遇天雨之新霽兮。觀百谷之俱集。濞洶洶其無聲兮。潰淡淡而並入。滂洋洋而四施兮。蓊湛湛而弗止。長風至而波起兮。若麗山之孤畝。勢薄岸而相擊兮。隘交引而却會。崒中怒而特高兮。若浮海而望碣石。礫磥磥而相摩兮。巆震天之磕磕。巨石溺溺之瀺灂兮。沫潼潼而高厲。水澹澹而盤紆兮。洪波淫淫之溶潏。奔揚踊而相擊兮。雲興聲之霈霈。猛獸驚而跳駭兮。妄奔走而馳邁。虎豹豺兕。失氣恐喙。鵰鶚鷹鷂。飛揚伏竄。股戰脅息。安敢妄摯。於是水蟲盡暴。乘渚之陽。黿鼉鱣鮪。交積縱橫。振鱗奮翼。蜲蜲蜿蜿。中阪遙望。玄木冬榮。煌煌熒熒。奪人目精。爛兮若列星。曾不可殫形。榛林鬱盛。葩葉覆蓋。雙椅垂房。糾枝還會。徙靡澹淡。隨波闇藹。東西施翼。猗狔豐沛。綠葉紫裹。丹莖白蔕。纖條悲鳴。聲似竽籟。清濁相和。五變四會。感心動耳。迴腸傷氣。孤子寡婦。寒心酸鼻。長吏隳官。賢士失志。愁思無已。歎息垂淚。登高遠望。使人心瘁。盤岸巑岏。裖陳磑磑。盤石險峻。傾崎崖隤。巖嶇參差。從橫相追。陬互橫啎。背穴偃蹠。交加累積。重疊增益。狀若砥柱。在巫山下。仰視山巔。肅何芊芊。炫燿虹蜺。俯視崝嶸。窐寥窈冥。不見其底。虛聞松聲。傾岸洋洋。立而熊經。久而不去。足盡汗出。悠悠忽忽。怊悵自失。使人心動。無故自恐。賁育之斷。不能爲勇。卒愕異物。不知所出。縰縰莘莘。若生于鬼。若生於神。狀似走獸。或象飛禽。譎詭奇偉。不可究陳。上至觀側。地蓋底平。箕踵漫。衍。芳草羅生。秋蘭茝蕙。江離載菁。青荃射干。揭車苞并。薄草靡靡。聯延夭夭。越香掩掩。衆雀嗷嗷。雎雄相失。哀鳴相號。王雎鸝黃。正冥楚鳩。姊歸思婦。垂雞高巢。其鳴喈喈。當年遨遊。（注云一本云子當千年萬世遨遊未詳）更唱迭和。赴曲隨流。有方之士。羨門高谿。（注云疑是譬字）上成鬱林。公樂聚穀。進、純犧、禱琁室、醮諸神、禮太一、傳祝已具、言辭已畢。（傳祝已具言辭已畢此與神女會之正文也下及調謳羽獵明用屈子則禮樂武功皆得其理）王乃乘玉輿。駟蒼螭。垂旒旌。旆合諧。紬大絃而雅聲流。冽風過而增悲哀。於是調謳。令人惏悷。憯悽脅息。增欷。於是乃縱獵者。基趾如星。傳言羽獵。銜枚無聲。弓弩不發。罘罕不傾。涉漭漭。馳苹苹。飛鳥未及起。走獸未及發。何節奄忽。蹄足灑血。舉功先得。獲車已實、王將欲往見。必先齋戒。差時擇日。簡輿玄服。建雲旆。蜺爲旌。翠爲蓋。風起雨止。千里而逝。蓋發蒙。往自會。思萬方。憂國害。開賢聖。輔不逮。九竅通鬱。精神察滯。延年益壽。千萬歲。

張皐聞云。此篇先叙山摯之險。登陟之難。上至觀側。則底平而可樂。所謂爲治者。始於勞。終於逸也。結言既會神女。則思萬方。開賢聖。此豈男女之辭耶。

（四）神女賦 并序

楚襄王與宋玉遊于雲夢之浦使玉賦高唐之事其夜王寢果夢與神女遇其狀甚麗王異之明日以白玉玉曰其夢若何王曰晡夕之後精神怳忽若有所喜紛紛擾擾未知何意目色髣髴乍若有記見一婦人狀甚奇異寐而夢之寤不自識罔兮不樂悵然失志于是撫心定氣復見所夢玉曰狀如何也王曰茂矣美矣諸好備矣盛矣麗矣難測究矣上古既無世所未見瓌姿瑋態不可勝讚其始來也耀乎若白日初出照屋梁其少進也皎若明月舒其光須臾之間美貌橫生曄兮如華溫乎如瑩五色並馳不可殫形詳而視之奪人目精（與賢士切接昭然若發矇形容出當）其盛飾也則羅紈綺繢盛文章極服妙采照萬方振繡衣被袿裳襛不短纖不長步裔裔兮曜殿堂忽兮改容婉若遊龍乘雲翔嫷被服侻薄裝沐蘭澤含若芳性和適宜侍旁順序卑調心腸王曰若此盛矣試爲寡人賦之玉曰唯唯夫何神女之姣麗兮含陰陽之渥飾被華藻之可好兮若翡翠之奮翼其象無雙其美無極毛嬙

鄣袂不足程式。西施掩面。比之無色。近之既妖。遠之有望。骨法多奇。應君之相。視之盈目。孰者克尙。私心獨悅。樂之無量。交希恩疏。不可盡暢。他人莫覩。王覽其狀。（他人莫覩王覽其狀翼王之特識不惑於讒也交希恩疏其在還江南之前乎）其狀峩峩。何可極言。貌豐盈以莊姝兮。苞溫潤之玉顏。眸子炯其精朗兮。瞭多美而可觀。眉聯娟以蛾揚兮。朱脣的其若丹。素質幹之醲實兮。志解泰而體閑。既姽嫿於幽靜兮。又婆娑乎人間。宜高殿以廣意兮。翼放縱而綽寬。動霧縠以徐步兮。拂墀聲之珊珊。望余帷而延視兮。若流波之將瀾。奮長袖以正衽兮。立躑躅而不安。澹淸靜其愔嫕兮。性沈詳而不煩。時容與以微動兮。志未可乎得原。意似近而既遠兮。若將來而復旋。褰余幬而請御兮。願盡心之惓惓。懷貞亮之潔淸兮。卒與我乎相難。（褰幬請御睠顧繫心之誠也然欲其達君爲樂則不可故曰卒與我乎相難　若以爲賦神女則褰幬請御成何語耶）陳嘉辭而云對兮。吐芬芳其若蘭。精交接以來往兮。心凱康以樂歡。神獨亨而未結兮。魂煢煢以無端。含然諾其不分兮。喟揚音而哀歎。頩薄怒以自持兮。曾不可乎犯干。於是搖珮飾。鳴玉鸞。整衣服。斂容顏。顧女師。

命太傅。歡情未接。將辭而去。遷延引身。不可親附。似逝未行。中若相首。（似逝未行中若相首。離騷一篇三致意之心）目略微眄。精彩相授。志態橫出。不可勝記。意離未絕。神心怖覆。禮不遑訖。辭不及究。願假須臾。神女稱遽。徊腸傷氣。顛倒失據。闇然而暝。忽不知處。情獨私懷。誰者可語。惆悵垂涕。求之至曙。

按此篇王玉二字。宋沈括姚寬咸疑互易。以爲玉夢而王問之。故作賦也。獨張臯聞云。非是。蓋上篇既云王將欲往見之。又云往自會矣。則主於王會神女可見。若此夢在玉。何得云果夢與神女遇耶。余謂此說良是

張氏又云。高唐神女兩賦。盡爲屈子作也。屈子曾見用于懷王。故以高唐神女爲比。冀襄王復用也。不然先王所幸而勸其游。述其夢。宋玉豈爲此謬妄乎。何義門云。兩賦當相次合看。乃見全旨。亦猶相如之子虛上林。揚雄之羽獵長楊。益見抑揚頓挫之妙。余按周秦諸子箸書。恒有上下分篇之制。高唐神女二賦。蓋正仿此類也。厥後馬班諸賦。抑又因是而變化者耳。

景差亦作景瑳大招一篇體製略與招魂相類而規矩合度不失尺寸尤近乎詩固不僅只之一字原本乎柏舟之章也故並錄之俾知當時撰述莫不有以自見不相因襲云大招篇云

青春受謝白日昭只春氣奮發萬物遽只冥淩浹行魂無逃只魂魄歸徠無遠遙只魂乎歸徠無東無西無南無北只東有大海溺水浟浟只螭龍並流上下悠悠只霧雨淫淫白皓膠只魂乎無東湯谷宋只魂乎無南南有炎火千里蝮蛇蜒只山林險隘虎豹蜿只鰅鱅短狐王虺騫只魂乎無南蜮傷躬只魂乎無西西方流沙漭洋洋只豕首縱目被髮鬤只長爪踞牙誒笑狂只魂乎無西多害傷只魂乎無北北有寒山連龍赩只代水不可涉深不可測只天自顥顥寒凝凝只魂乎無往盈北極只魂魄歸徠閒以靜只自恣荊楚安以定只逞志究欲心意安只窮身安樂年壽延只魂乎歸徠樂不可言只五穀六仞設菰粱只鼎臑盈望和致芳只內鶬鴿鵠味豺羹只魂乎歸徠恣所嘗只鮮蠵甘雞和楚酪只醢豚苦狗膾苴蓴

只。吳酸蒿蔞不沾薄只。魂兮歸徠恣所擇只。炙鴰烝鳧煔鶉敶只。煎鰿臛雀遽爽存只。魂乎歸徠麗以先只。四酎并孰不澀嗌只。清馨凍飲不歠役只。吳醴白糵和楚瀝只。魂乎歸徠不遽惕只。代秦鄭衛鳴竽張只。伏戲駕辯楚勞商只。謳和揚阿趙簫倡只。魂乎歸徠定空桑只。二八接舞投詩賦只。叩鐘調磬娛人亂只。四上競氣極聲變只。魂乎歸徠聽歌譔只。朱唇皓齒嫭以姱只。比德好開習以都只。豐肉微骨調以娛只。魂乎歸徠安以舒只。嫮目宜笑蛾眉曼只。容則秀雅稚朱顏只。魂乎歸徠靜以安只。姱修滂浩麗以佳只。曾頰倚耳曲眉規只。滂心綽態姣麗施只。小腰秀頸若鮮卑只。魂乎歸徠思怨移只。易中利心以動作只。粉白黛黑施芳澤只。長袂拂面善留客只。魂乎歸徠目娛昔只。青色直眉美目媔只。靨輔奇牙宜笑嘕只。豐肉微骨體便娟只。魂乎歸徠恣所便只。夏屋廣大沙堂秀只。南房小壇觀絕霤只。曲屋止欄宜擾畜只。騰駕步游臘春囿只。瓊轂錯衡英華假只。茝蘭桂樹鬱彌路只。魂乎歸徠恣志慮只。孔雀盈園畜鸞皇只。鵾鴻羣晨雜鶖鶬只。鴻鵠代遊曼鷫鷞只魂乎歸徠鳳皇翔只曼澤怡面血氣盛只永宜厥身保壽命只室家盈庭爵祿盛只魂乎歸徠居室定只接徑千里出若雲只三圭重侯聽類神只察篤天隱孤寡存只魂兮歸徠正始昆只田邑千畛人阜昌只美冒衆流德澤章只先威後文善美明只魂乎歸徠賞罰當只名聲若日照四海只德譽配天萬民理只北至幽陵南交阯只西薄羊腸東窮海只魂乎歸徠尙賢士只發政獻行禁苛暴只舉傑壓陛誅譏罷只直贏在位近禹麾只豪傑執政流澤施只魂乎歸徠國家爲只雄雄赫赫天德明只三公穆穆登降堂只諸侯畢極立九卿只昭質旣設大侯張只執弓挾矢揖辭讓只魂乎歸徠尙三王只

張皋文云大招設頌之辭也若曰能用屈子則樂與今同而王業成耳青春受謝白日昭君明政新也

第五章　楚辭雜評

自王叔師著爲楚辭章句而後屈宋之作乃裒然成集且復附以賈誼惜誓小山

招隱士東方七諫莊忌哀時命王褒九懷劉向九歎及逸所自作九思以伸其悼惜不盡之致洵可謂騷些之功臣而靈均之徒侶矣繇是以還學者紛起循誦之餘莫不有所論賞茲爲參互攷訂計特擇錄其明確者若于則如下俾得藉其階梯登堂入室而不致迷瞀云爾

魏文帝曰優游按衍屈原尙之窮侈極妙相如之長也然原據托譬喻其意周旋綽有餘度長卿子雲不能及

沈約曰周室既衰風流彌著屈平宋玉導淸源於前賈誼相如振芳塵於後英辭潤金石高義薄雲天自茲以降情志愈廣王褒劉向楊班崔蔡之徒異軌同奔遞相師祖雖淸詞麗曲時發乎篇而蕪音累氣固亦多矣若平子艷發文以情變絕唱高蹤久無嗣響至於建安曹氏基命三祖陳王咸蓄盛藻甫乃以情緯物以文被質自漢至魏四百餘年辭人才子文體三變相如工爲形似之言二班長於情理之說子建仲宣以氣質爲體並標能擅美獨映當時是以一世之

士各相慕習原其飈流所始莫不同祖風騷徒以賞好異情故意製相詭

劉勰文心雕龍比興篇云詩文弘奧包韞六義毛公述傳獨標興體豈不以風通而賦同比顯而興隱哉故比者附也興者起也附理者切類以指事起情者依微以擬議起情故興體以立附理故比例以生比則畜憤以斥言興則環譬以記諷蓋隨時之義不一故詩人之志有二也觀夫興之託諭婉而成章稱名也小取類也大關雎有別故后妃方德尸鳩貞一故夫人象義義取其貞無從於夷禽德貴其別不嫌於鷙鳥明而未融故發注而後見也且何謂爲比蓋寫物以附意颺言以切事者也故金錫以喻明德珪璋以譬秀民螟蛉以類教誨蜩螗以寫號呼澣衣以擬心憂卷席以方志固凡斯切象皆比義也至如麻衣如雪兩驂如舞若斯之類皆比類者也襄楚信讒而三閭忠烈依詩製騷諷兼比興炎漢雖盛而辭人夸毗詩刺道喪故興義銷亡於是賦頌先鳴故比體雲構紛紜雜遝信舊章矣

又**物色篇**曰離騷代興觸類而長物貌難盡故重沓舒狀於是嵯峨之類聚葳蕤之羣積矣及長卿之徒詭勢瓌聲模山範水字必魚貫所謂詩人麗則而約言辭人麗淫而繁句也至如雅詠棠華或黃或白騷述秋蘭綠葉紫莖凡摛表五色貴在時見若青黃屢出則繁而不珍自近代以來文貴形似窺情風景之上鑽貌草木之中吟詠所發志惟深遠體物爲妙功在密附故巧言切狀如印之印泥不加雕削而曲寫毫芥故能瞻言而見貌印字而知時也然物有恆姿而思無定檢或率爾造極或精思愈疏且詩騷所標並據要害故後進銳筆怯于爭鋒莫不因方以借巧卽勢以會奇善于適要則雖舊彌新矣是以四序紛迴而入興貴閑物色雖繁而析辭尙簡使味飄飄而輕擧情曄曄而更新古來辭人異代接武莫不參伍以相變因革以爲功物色盡而情有餘者曉會通也若乃山林皐壤實文思之奧府略語則闕詳說則繁然屈平所以能洞監風騷之情者抑亦江山之助乎

洪興祖曰。藝文志云屈原賦二十五篇。然則自騷經至漁父皆賦也。後之作者苟得其一體。可以名家矣。而梁蕭統作文選自騷經卜居漁父之外九歌去其五九章去其八。然司馬相如大人賦率用遠遊之語史記屈原傳獨載懷沙之賦揚雄作伴牢愁。亦旁惜誦至懷沙。統所去取未必當也。自漢以來靡麗之賦勸百而諷一。無復惻隱古詩之義。故子雲有曲終奏雅之譏。而統乃以屈子與後世詞人同日而論。其識如此。則其文可知矣。

朱熹曰。七諫九懷九歎九思雖爲騷體。然其詞氣平緩。意不深切。如無所疾痛而强爲呻吟者。就其中諫歎猶或粗有可觀。兩王則卑已甚矣。故雖幸附書尾。而人莫之讀。今亦不復以累篇袠也。賈傅之詞於西京爲最高。且惜誓以著于篇而二賦尤精。乃不見取。亦不可曉。故今并錄以附焉。若揚雄則尤刻意于楚學者。但其反騷實乃屈子之罪人也。洪氏譏之當矣。舊錄既不之取。今亦不欲特收。姑別定爲一篇。使居八卷之外。而并著洪說于其後。蓋古今同異之說。皆聚

于此亦得因以明之庶幾紛紛或小定云

葉盛曰昔周道中微小雅盡廢宣王興滯補弊明文武之功業而大雅復興褒姒之禍平王東遷黍離降爲國風王德夷於邦君天下無復有雅然列國之風達於事變而懷其舊俗故風雖變而止乎禮義逮株林澤陂之後變風又亡陵夷至於戰國文武之澤既斬三代禮樂壞君臣上下之義潰亂舛逆邪說姦言之禍糜爛天下屈原當斯世正道直行竭忠盡智可謂持操之士而懷襄之君昵比羣小讒佞傾覆之言惛堙心耳原信而見疑忠而被謗離騷之作獨能崇同姓之恩篤君臣之義憤悱出於思泊不以汙世而二其心也愁痛發於愛上不以汙君而韜其賢也故離騷源流於六義具體而微興遠而情逾親意切而辭不迫既申之以九章又重之以九歌遠遊天問大招而猶不能自已也其忠厚之心亦至矣班固乃謂其露才揚己苟欲求進甚矣其不知原也是不察其專爲君而無他迷不知寵之門之意也顏之推至謂文人常陷輕薄是惑於同之

說而不體其一篇之中三致其意之義也遠遊極黃老之高致而揚雄乃謂棄由聃之所珍大招所陳深規楚俗之敗而劉勰反以娛酒不廢謂原志於荒淫豈騷之果難知哉王逸於騷好之篤矣如謂夕攬洲之宿莽則易之潛龍勿用登崑崙涉流沙則禹貢之敷土就重華而敶詞則皐陶之謀謨又皆非原之本意故揚之者或過其實抑之者多損其眞然自宋玉賈誼而下如東方朔嚴忌淮南小山王褒劉向之徒皆悲原意各有纂著大抵紬繹緒言相與嗟咏而已若夫原之微言匿旨不能有所建明嗚呼忠臣義士殺身成仁亦云至矣然猶追琢其辭申重其意垂光來葉待天下後世之心至不薄也而劉勰猥曰枚賈追風以入麗馬揚沿波而得奇顧盼可以驅辭力咳唾可以窮文致徒欲酌奇玩華艷溢錙毫至於扶掖名敎激揚忠蹇之大端顧鮮及之如此則原之本意又將復亡矣

王世貞曰班固得屈氏之顯者也而迷於隱故輕詆中壘王逸得屈氏之顯者也

而略於顯故輕擬夫輕擬之與輕詆其失等也然則爲屈氏宗者太史公而已矣

又曰雜而不亂複而不厭其所以爲屈乎麗而不佚放而有制其所以爲長卿乎子雲雖有剽模尙少谿逕班張而後愈博愈晦愈下

陸深曰離騷經凡二千四百九十二字可謂肆矣然氣如纖流迅而不滯詞如繁露貫而不糅故曰騷人之清深君子樂之不厭其長漢氏猶步趨也魏晉而下卮焉瀰焉浩矣博矣忘其祖矣

周拱辰曰離騷敷皦似實溫厚似夷從容似緩而嚴毅峻卓之致夐不可攀如亦余心之所善兮雖九死其猶未悔寧溘死以流亡兮余不忍爲此態也伏清白以氣直兮固前聖之所厚雖解體吾猶未變兮豈余心之可懲立志之壹也昔三后之純粹兮固衆芳之所在彼堯舜之耿介兮既遵道而得路湯禹儼而祗敬兮周論道而莫差擇術之正也步蘭皋馳椒丘至縣圃留靈瑣遊春宮陟陞

皇抗跡之高也駟玉虬駕飛龍戒鳳凰麾蛟龍衞役之貴也紉秋蘭以爲佩貫薜荔之落蕊製芰荷以爲衣集芙蓉以爲裳服飾之芳也飲木蘭之墜露飡秋菊之落英折瓊枝以爲羞精瓊靡以爲粻飲食之潔也誠以選物物以養氣氣以實志志以事君忠信之精綱常之奉也眞可上覲千世下覲千世

陸時雍曰余觀於騷而知詩之所以變也和平之失沿而哀怨哀怨之極至於淒洏人喜斯陶陶斯詠詠斯懌懌斯慍慍斯哀哀斯困君子讀離騷而知楚國之將亡也哀而困矣不可以復振矣陳之亡也以株林鄭之亡也以溱洧王風之絕也何草不黃此皆一往而不可更反者也

又云詩有六義比興賦居其三朱晦翁註離騷依詩起例分比興賦而釋之余謂離騷與詩不同騷中有比賦雜出者有賦中兼比比中兼賦者若泥定一例則意枯而語滯矣故無取乎此也

沈欽韓漢書藝文志補注云楚詞至隋時有釋道騫善讀之能爲楚聲音韻清切

至今傳楚詞者皆祖騫公之音案漢時朱買臣召見言楚詞宣帝徵能爲楚詞九江被公召見誦讀爾時自有專門可知其音讀非易也

第六章　西漢上　賈誼

自屈宋諸賢聯鑣接軫競爲辭賦而斯道日益光昌大有登嵩高觀泰岱馳騁中原以極長江大河之樂故一時文人學士莫不靡然嚮風承流仰沫秦雖無道而雜賦亦著錄于藝文大抵荀卿之徒李斯之所爲也（按班固藝文志秦時雜賦九篇緊列荀卿之後可知其爲斯等所作）顧世末之見無可稱道獨賈生後起其辭正直廉悍殆兼荀屈二氏之長亦最爲靈均知己蓋生之舉也以吳公吳公故與李斯同邑而常學事焉其師承有自故生之學殆出于荀而其服官行政遭逢齮齕與夫懷才不遇抑鬱不得已之情狀又無一不與屈子相類故惜誓之篇臨湘之悼以逮鵩鳥之賦纏綿悱惻而爲之不能自已也寧非屈子身後一大知己哉司馬子長知之故特合二子爲一傳所以痛惜之者倍至最爲有識正以其皆王佐才而不得竟用則同寧第辭賦

之遞相祖述已耶而辭賦實足以洩其騷怨之情此賈生所以為兩漢辭人之冠也按漢書藝文志賈誼賦七篇而見於史記者僅兩篇王叔師楚辭章句惜誓篇云不知誰作或曰賈誼疑不能明也然自宋以來咸指為誼作如王應麟所據誼賦五篇卽以惜誓居首淸時姚鼐張惠言諸選本悉采列之余讀其辭與史記兩篇絕類因知非誼不能作也今具錄如下

惜余年老而日衰兮歲忽忽而不反登蒼天而高舉兮歷衆山而日遠觀江河之紆曲兮離四海之霑濡攀北極而一息兮吸沆瀣以充虛飛朱鳥使先驅兮駕太乙之象輿蒼龍蚴虯於左驂兮白虎騁而為右騑建日月以為蓋兮載玉女於後車馳騖於杳冥之中兮休息乎崑崙之墟樂窮極而不厭兮願從容乎神明涉丹水而馳騁兮右大夏之遺風黃鵠之一舉兮知山川之紆曲再舉兮睹天地之圜方臨中國之衆人兮託回飆乎尙羊乃至少原之壄兮赤松王喬皆在旁二子擁瑟而調均兮余因稱乎淸商澹然而自樂兮吸衆氣而翺翔念我長生而久仙兮

不如反余之故鄉黃鵠後時而寄處兮鴟鴞羣而制之神龍失水而陸居兮爲螻蟻之所裁夫黃鵠神龍猶如此兮況賢者之逢亂世哉壽冉冉而日衰兮固儃回而不息俗流從而不止兮衆枉聚而矯直或偷合而苟進兮或隱居而深藏苦稱量之不審兮同權概而就衡或推迻而苟容兮或直言之諤諤傷誠是之不察兮幷紉茅絲以爲索方世俗之幽昏兮眩白黑之美惡放山淵之龜玉兮相與貴夫礫石梅伯數見而至醢兮來革順志而用國悲仁人之盡節兮反爲小人之所賊比干忠諫而剖心兮箕子被髮而佯狂水背流而源竭兮木去根而不長非重軀以慮難兮惜傷身之無功已矣哉獨不見夫鸞鳳之高翔兮乃集大皇之壄循四極而回周兮見盛德而後下彼聖人之神德兮遠濁世而自藏使麒麟可得羈而係兮又何以異乎犬羊

按楚辭章句云惜者哀也誓者信也約也言哀惜懷王與己信約而後背之也古者君臣將共爲治必以信誓相約然後言乃從而身以親也蓋刺懷王有始無終

也余謂此說固可從但誓與逝通惜誓云者與弔屈一篇意恉從同正惜屈子之輕於一死耳而去日苦多來日苦少故開宗明義卽曰惜余年老而日衰兮歲忽忽而不反中間又曰壽冉冉而日衰兮固儃回而不息而終篇則曰惜傷身之無功蓋悼屈亦自悼耳然則此賦殆生之絕筆乎顧其辭氣開合振盪直與陳政事疏同一筆墨洵天才也

渡湘賦服具見遷史今不備載烏程董漢策嘗跋其後曰古詩亡而騷作騷者變風也有騷而後有賦有賦而後有五言七言長短句之詩詞曲譜王風自離變聲迭作實由于騷史公深有懼焉作此傳以存騷使後人循流以探源庶幾古賦體不失而後古詩可存非細故也語頗中肯故備述之以見漢賦之關係甚鉅焉至王氏所據五賦除右所述三篇外則爲古文苑之旱雲賦與虡賦旱雲賦指斥時政殷憂獨切卜式所謂烹弘羊天乃雨者允可於此賦見之豈但慼士不遇而已耶因系其辭于後

惟昊天之大旱兮。失精和之正理。遥望白雲之蓬勃兮。滃滃澹澹而妄止。運清濁之澒洞兮。正重沓而並起。嵬隆崇以崔巍兮。時彷彿而有似。屈卷輪而中天兮。象虎驚與龍駭。相搏據而俱興兮。妄儷倚而時有。遂積聚而合沓兮。相紛薄而慷慨。若飛翔之從橫兮。楊波怒而澎濞。正雲布而雷動兮。相擊衝而破碎。或窕電而四塞兮。誠若雨而不墜。陰陽分而不相得兮。更惟貪婪而狠戾。終風解而霧散兮。遂陵遲而堵潰。或深潛而閉藏兮。爭離剌而並逝。廓蕩蕩其若滌兮。日昭昭而無穢。隆盛暑而無聊兮。煎砂石而爛煟。陽風吸習而熇熇。羣生悶懣而愁憒。壠畝枯槁而失澤兮。壞石相聚而爲害。農夫垂拱而無事兮。釋其耰鉏而下涕。悲疆畔之遭禍。痛皇天之靡惠。惜稚稼之旱夭兮。離天災而不遂。懷怨心而不能已兮。竊託咎於在位。獨不聞唐虞之積烈兮。與三代之風氣。時俗殊而不還兮。恐功久而壞敗。何操行之不得兮。政治失中而違節。陰氣辟而留滯兮。厭暴戾而沈没。嗟乎。作孽大劇。何辜干天。恩澤弗宣。嗇夫寡德。羣生不福。來何暴也。去何躁也。孳孳望之。其

可悼也憭兮慄兮以鬱怫兮念思白雲腸如結兮終怨不雨甚不仁兮布而不下甚不信兮白雲何懟奈何人兮

陸柔賦格云長沙命世之才著於策論憂時之賦獨宗楚騷外爲終灌所短內爲鄧通所讒意蓋以靈均自況也爲屯之密雲不雨不能爲乾之雲行雨施亦遇矣夫

胡韞玉云長沙諸賦辭清理哀離騷之嗣響也弔原鵩鳥尤多騷意所謂驚才風逸壯志烟高非僅以體物瀏亮爲能事詩人之賦麗以則辭人之賦麗以淫長沙乃騷人之賦清而不麗哀而多思也

第七章　西漢中　司馬相如

賈生宗騷既如上所述而宋玉之後其能擴而大之者厥維司馬相如西京雜記謂長卿賦時人皆稱典麗雖詩人之作不能如也楊子雲曰長卿賦不似從人間來其神化所至邪子雲學相如爲賦而勿逮故雅服焉又云長安有慶虬之亦善

爲賦嘗爲淸思賦時人不之貴也乃託以相如所作遂大見重子世由是以觀長卿之賦其爲當時所重略可見矣按漢書藝文志載司馬相如賦二十九篇然今所存者自本傳子虛上林哀二世大人賦外於文選有長門賦一篇藝文類聚人部古文苑初學記等有美人賦一篇皆完好可誦其他雜見文選魏都賦注有梨賦北堂書鈔百四十六有魚葅賦玉篇石部有梓桐山賦已破碎不全總之亦不過九篇耳則其放失不甚鉅哉顧班書於枚皐傳云皐爲文疾受詔輒成故所賦者多（皐賦百二十篇）司馬相如善爲文而遲故所作少而善於皐皐賦辭中自言爲賦不如相如其文骫骳曲隨其事皆得其意頗詼笑不甚閑靡凡可讀者不二十篇其尤嫚戲不可讀者尙數十篇是辭賦亦豈必以多爲貴耶要在工而已矣又司馬博贊云司馬遷稱春秋推見至隱易本隱之以顯大雅言王公大人而德逮黎庶小雅譏小已之得失其流及上所言雖殊其合德一也相如雖多虛辭濫說然要其歸引之於節儉此與詩之風諫何異揚雄以爲靡麗之賦勸百而風一猶馳騁

鄭衛之聲曲終而奏雅不已戲乎此其左袒於馬卿益可見矣蓋班楊諸作皆本長卿楊氏晚而自悔故語多游移班氏則始終服膺者也其兩都賦又能卽子虛上林封禪三篇融會貫通而出之以變化洵乎其善學長卿者也今備錄本傳諸賦於下藉明漢人之弘麗云爾

子虛賦

楚使子虛使於齊齊（選無此字）王悉發車騎（史記作齊王悉發境內之士備車騎之衆）與使者出田田罷子虛過奼（史記作詫）烏有先生亡（史記上有而字）是公存焉坐定烏有先生問曰今日田樂乎子虛曰樂獲多乎曰少然則何樂對曰僕樂齊王之欲夸僕以車騎之衆而僕對以雲夢之事也曰可得聞乎子虛曰可王駕車千乘選徒萬騎田於海濱列卒滿澤罘罔彌山掩菟轔鹿射麋格（注云字或作腳）麟騖於鹽浦割鮮染輪射中獲多矜而自功顧謂僕曰楚亦有平原廣澤游獵之地饒樂若此者乎楚王之獵孰（史記作何）與寡人（乎下有遊字）僕下車對曰臣楚國之鄙人也幸得宿衞十有餘年時從出遊遊于後園

覽于有無。然猶未能徧覩也。又焉史記作惡足以言其外澤史記下有者字乎。齊王曰、雖然。略以子之所聞見史記文選下有而字言之。僕對曰、唯唯。臣聞楚有七澤。嘗見其一。未覩其餘也。臣之所見、蓋特其小小者耳。名曰雲夢。雲夢者、方九百里。其中有山焉。其山則盤紆茀鬱。隆崇律崒。岑崟史記作巖參差。日月蔽虧。交錯糾紛。上干青雲。罷池陂陁。下屬江河。其土則丹青赭堊。雌黃白附。錫碧金銀。衆色炫耀。照爛龍鱗。其石則赤玉玫瑰。琳瑉昆吾。瑊玏玄厲。瑌石珷玞。其東則有蕙圃衡蘭。芷若史記下有射干二字小顏漢書注以爲流俗妄增芎史記作穹藭菖蒲。江離蘪蕪。諸柘巴史記作猼且。其南則有平原廣澤。登降陁靡。案衍壇曼。緣以大江。限以巫山。其高燥則生葴析史記作薪選作菥苞荔。薜莎青薠。其埤史記作卑濕則生藏莨蒹葭。東蘠雕胡。蓮藕菰蘆。菴閭軒于。衆物居之。不可勝圖。其西則有涌泉清池。激水推移。外發芙蓉蔆華。內隱巨石白沙。其中則有神龜蛟鼉。瑇瑁鼈黿。其北則有陰林巨樹。選作其樹楩柟豫章。桂椒木蘭。檗離朱楊。樝梨梬栗。橘柚芬芳。其上則有史記下有赤猨蠼蝚四字宛雛孔鸞。騰遠射干。其下則有白虎玄豹。蟃蜒貙犴。

史記下有兕象野犀窮奇獶狿二句於是乎迺使剸諸之倫。手格此獸。楚王迺駕馴駮之駟。乘雕玉之輿。靡魚須之橈旃。曳明之月珠旗。建干將之雄戟。左烏號之雕弓。右夏服之勁箭。陽子驂乘。孅阿爲御。案節未舒。卽陵狡獸。蹵蛩蛩。轔距虛。史記作轔邛邛蛩距虛軼野馬。史記下有而字轊騊駼。乘遺風。史記下有而字射游騏。儵眒倩。史記作淒浰。雷動熛。史記作熛至。星流霆擊。弓不虛發。中必決眥。洞胸達掖。絕乎心繫。獲若雨獸。揜屮蔭地。於是楚王迺弭節徘徊。翱翔容與。覽乎陰林。觀壯士之暴怒。與猛獸之恐懼。徼𠖥受詘。殫覩史記作睹衆物之變態。於是鄭女曼姬。被阿錫選作緆揄紵縞。雜纖羅。垂霧縠。襞積褰縐。史記文選下有行徐委曲四字鬱橈谿谷。衯衯裶裶。揚衪戌。史記作卹削。飛纖垂髾。扶輿猗靡。翕呷萃蔡。下摩蘭蕙。上拂羽蓋。錯翡翠之葳蕤。繆繞玉綏。眇眇史記作縹乎忽忽。若神仙之髣髴。於是迺相與獠於蕙圃。媻姍勃窣。上乎金隄。揜翡翠。射鵔鸃。微矰出。孅繳施。弋白鵠。連駕鵝。雙鶬下。玄鶴加。怠而後發。游於清池。浮文鷁。揚旌栧。張翠帷。建羽蓋。罔瑇瑁。釣選作鈎紫貝。摐金鼓。吹鳴籟。榜人歌。聲流喝。水蟲駭。波鴻沸。涌泉起。奔揚會。礧石。

相擊。琅琅。礚礚。若雷霆之聲。聞乎數百里外。將息獠者。擊靈鼓。起烽燧。車按行。騎就隊。纚乎淫淫。般乎裔裔。於是楚王乃登雲陽之臺。泊乎無爲。澹乎自持。勺藥之和具。而後御之。不若大王終日馳騁。曾不下輿。脟割輪焠。自以爲娛。臣竊觀之。齊殆不如。於是齊王無以應僕也。（史記作于是王默然無以應僕也）烏有先生曰。是何言之過也。足下不遠千里。來貺齊國。（文選作齊國）王悉（史記文選下有發字）境內之士。備車騎之衆。與使者出田。（史記作而備車騎之衆以出田）乃欲戮力致獲。以娛左右也。（文選無此字）何名爲夸哉。問楚地之有無者。願聞大國之風烈。先生之餘論也。今足下不稱楚王之德。而厚盛推雲夢以爲驕。（史記文選作高）奢言淫樂。而顯侈靡。竊爲足下不取也。必若所言。固非楚國之美也。（下本有云）（有而言之是章君之惡也文選李善注云有二句者非詳師古之注亦不宜有史記亦有二句但無也字）無而言之。是害足下之信也。（史記無也字）彰君惡。傷私義。（史記文選作章君之惡而傷私義）二者無一可。而先生行之。必且輕於齊而累於楚矣。且齊東陼鉅海。南有琅邪。觀乎成山。射乎之罘。浮渤澥。游孟諸。邪與肅愼爲鄰。右以暘谷爲界。秋田乎青邱。彷徨乎海外。吞若雲夢者八九。其於胸中曾不蔕芥若迺俶儻瑰瑋異方殊類珍怪鳥獸萬端鱗崒充仞其中者不可勝記禹不能名卨不能計然在諸侯之位不敢言游戲之樂苑囿之大先生又見客是以王辭不復何爲無以應哉

上林賦

亡是公听然而笑曰楚則失矣而齊亦未爲得也夫使諸侯納貢者非爲財幣所以述職也封疆畫界者非爲守禦所以禁淫也今齊列爲東藩而外私肅愼捐國踰限越海而田其于義固未可也且二君之論不務明君臣之義正諸侯之禮徒事爭于遊戲之樂苑囿之大欲以奢侈相勝荒淫相越此不可以揚名發譽而適足以卑君自損也且夫齊楚之事又烏足道乎君未覩夫巨麗也獨不聞天子之上林乎左蒼梧右西極丹水更其南紫淵徑其北終始霸產出入涇渭酆鎬潦潏紆徐委蛇經營其內蕩蕩乎八川分流相背（史記文選下有而字）異態東西南北馳騖往來出乎椒邱之闕行乎洲淤之浦經乎桂林之中過乎泱莽之壄汨乎混（史記作渾）流順

阿而下赴隘陿之口觸穹石激堆埼沸乎暴怒洶涌彭湃（史記作滂濞）滭弗宓汨（史記作潷浡滵汨）偪側泌瀄横流逆折轉騰潎洌滂濞沆溉（史記作瀣長隊云亦作溉）穹隆雲橈宛潬膠盭（史記作蜿蟺膠戾）踰波趨浥涖涖（史記作莅莅）下瀨批巖衝擁奔揚滯沛臨坻注壑瀺灂霣墜沈沈（史記作湛湛）隱隱砰磅訇磕潏潏淈淈湁潗鼎沸馳波跳沫汩濦漂疾悠遠長懷寂漻無聲肆乎永歸然後灝溔潢漾安翔徐佪翯乎滈滈東注太湖衍溢陂池于是（史記文選下有乎字）蛟龍赤螭䱭䲛漸離（史記作螹離）鰅鰫（史記作鰬）鰬魠禺禺魼鰨揵鰭掉尾振鱗奮翼潛處乎（史記作于）深巖魚鼈讙聲萬物眾夥明月珠子的皪江靡蜀石黃碝水玉磊砢磷磷爛爛采色澔汗藂積乎其中鴻鷫鵠鴇駕鵝屬玉交精旋目煩鶩庸渠箴疵鵁盧羣浮乎其上汎淫氾濫隨風澹淡與波搖蕩掩薄水渚唼喋菁藻咀嚼菱藕於是乎崇山矗矗巃嵸崔巍（史記下有嵯峨二字）深林巨木嶄巖參差九嵕巀嶭南山峨峨巖陁甗錡摧崣崛崎振溪通谷蹇產溝瀆谽呀豁閜（選作閕）阜陵別隝崴磈㟪廆丘虛堀礨隱轔鬱壘登降施靡陂池貏豸允溶淫鬻散渙夷陸亭皋千里靡不

被築。掩以綠蕙。被以江離。糅以蘼蕪。雜以留夷。布（史記作專）結縷。攢戾莎。揭車衡蘭。槀本射干。茈薑蘘荷。葴持（史記作陰）若蓀。鮮支黃礫。蔣芧（選作苧）青薠。布濩閎澤。延蔓太原。離靡廣衍。應風披靡。吐芳揚烈。郁郁菲菲。眾香發越。肸蠁布寫。晻薆咇茀（史記作晻曖苾勃）。於是乎周覽氾觀。縝紛（史記作瞋盼）軋芴（史記作沕）。芒芒恍（史記文選作怳）忽。視之無端。察之無涯。日出東沼。入乎西陂。其南則隆冬生長。涌水躍波。其（史記無此字）獸則㺎旄貘（史記作獏）犛。沈牛麈麋。赤首圜題。窮奇象犀。其北則盛夏含凍裂地。涉冰揭河。其（史記無此字）獸則麒麟角端（史記作𧣾）。騊駼橐駝。蛩蛩驒騱。駃騠驢驘。於是乎離宮別館。彌山跨谷。高廊四注。重坐曲閣。華榱璧璫。輦道纚屬。步櫩周流。長途中宿。夷嵕築堂。絫臺增成。巖穾（俗誤作突史記作窔）洞房。頫杳眇而無見。仰兆橑而捫天。奔星更於閨闥。宛虹拖於楯軒。青龍蚴蟉於東箱。象輿婉僤（史記作蟬）於西清。靈圄燕於閒館（史記作觀）。偓佺之倫。暴於南榮。醴泉涌於清室。通川過於中庭。盤石裖（選作侲）崖。嶔巖倚傾。嵯峨𡾰嶫。刻削崢嶸。玫瑰碧琳。珊瑚叢生。瑉玉旁唐。玢豳（史記作璸斒）文磷。赤瑕駁犖。雜臿其間。鼂采（史記

（作垂綏）琬琰。和氏出焉。於是乎盧橘夏孰。黃甘橙楱。枇杷橪柿。亭柰厚朴。梬棗楊梅。櫻桃蒲陶。隱夫薁（史記作鬱）棣。荅遝離支。（史記作榙樑荔枝）羅乎後宮。列乎北園。貤邱陵。下平原。揚翠葉。抗紫莖。發紅華。垂（史記作秀）朱榮。煌煌扈扈。昭曜鉅野。沙棠櫟櫧。華楓枰櫨。留落胥邪。（史記作餘）仁頻并閭。欃檀木蘭。豫章女貞。長千仞。大連抱。夸條直暢。實葉葰楙。（史記作茂）攢立叢倚。連卷欐（史記作累）佹。崔錯癹骫。抗衡閜砢。垂條扶疏。（史記作扶於）落英幡纚。紛溶箾（史記作容蕭）蔘。猗柅從風。劉（史記作瀏）莅歘芔。（史記作吸）蓋象金石之聲。管籥之音。柴池茈虒。旋還乎（史記還作環又無乎兮）後宮。雜襲（史記作遝）絫輯。被山緣谷。循阪下隰。視之無端。究之亡窮。於是（史記下有乎字）玄猿素雌。蜼玃飛蠝。（史記作鸓）蛭蜩蠼猱。獑（史記作蠼蝚螹）胡豰蛫。棲息乎其間。長嘯哀鳴。翩幡互經。夭蟜枝格。偃蹇杪顛。踰絕梁。（史記作於是乎險絕梁）騰殊榛。捷垂條。踔（史記作掉）希閒。牢落陸離。爛漫遠遷。若此輩者。數百千（史記作千百）處。娛（史記作嬉）游往來。宮宿館舍。（史記作客）庖廚不徙。後宮不移。百官備具。於是乎背秋涉冬。天子校獵。乘鏤象。六玉虯。拖蜺旌。靡雲旗。前皮軒。後道游。孫叔奉轡。衛公參（史記作驂）乘。扈從橫行。出乎四校之中。鼓嚴簿。縱獵者。江河爲阹。泰山爲櫓。車騎靁起。殷（史記作隱）天動地。先後陸離。離散別追。淫淫裔裔。緣陵流澤。雲布雨施。生貔豹。搏豺狼。手熊羆。足壄羊。蒙鶡蘇。絝白虎。被斑（史記作幽）文。跨壄馬。陵三嵕之危。下磧歷之坻。徑峻赴險。越壑厲水。椎蜚廉。弄解廌。格蝦蛤。鋋猛氏。羂窫（史記文選作騕）褭。射封豕。箭不苟害。解脰陷腦。弓不虛發。應聲而倒。於是（史記文選下有乎字）乘輿弭（史記作彌）節徘徊。翱翔往來。睨部曲之進退。覽將帥之變態。然後侵淫（史記作潭）促節。儵夐遠去。流離輕禽。蹵履狡獸。轊（史記作轉）白鹿。捷狡菟。軼赤電。遺光耀。追怪物。出宇宙。彎蕃（史記作繁）弱。滿白羽。射游梟。櫟蜚遽（史記作盧）。擇肉而后發。先中而命處（史記此二句無而字）。弦矢分。藝殪仆。然後揚節而上浮。陵驚風。歷駭猋。乘虛亡。與神俱。藺玄鶴。亂昆鷄。遒孔鸞。促鵕鸃。拂翳鳥。捎鳳凰。捷鵷鶵。揜焦明。道盡塗殫。迴車而還。消搖乎襄羊。降集乎北紘。率乎直指。掩（史記作闇選作晻）乎反鄉。蹶石闕（史記文選作闕）歷封巒。過鳷鵲。望露寒。下棠梨。息宜春。西馳宣曲。濯鷁牛首。登龍臺。掩細柳。觀士大夫之勤略。均獵（史記作約獠）者之所得獲。徒車之所藺轢。步（史記作乘）

騎之所蹂若。人民之所蹈藉。與其窮極倦谻。驚憚讋伏。不被創刃而死者。它它藉
藉。塡阬滿谷。掩平彌澤。於是乎游戲懈怠。置酒乎顥天之臺。張樂乎膠葛之寓。撞
千石之鐘。立萬石之虡（史記作鉅）建翠華之旗。樹靈鼉之鼓。奏陶唐（注云陶唐當陰康）氏之舞。
聽葛天氏之歌。千人倡。萬人和。山陵爲之震動。川谷爲之蕩波。巴渝宋蔡。淮南干
遮。文成顚歌。族居遞奏。金鼓迭起。鏗鎗闛鞈。（史記作鐺鼟）洞心駭耳。荆吳鄭衛之聲。韶
濩武象之樂。陰淫案衍之音。鄢郢繽紛。激楚結風。俳優侏儒。狄鞮之倡。所以娛耳
目樂心意者。麗靡爛漫於前。靡曼美色於後。若夫青琴虙妃之徒。絕殊離俗。妖冶
閑都。靚莊刻飾。便嬛綽約。柔橈嬛嬛。嫵媚纖弱。（史記作媾嫋）曳（史記作抴）獨繭之褕袣（史記作袘）
眇閻易以卹削。便姍嫳屑。與世（選作俗）殊服。芬芳（史記作香）漚鬱。酷烈淑郁。皓齒粲爛。宜
笑的皪。長眉連娟。微睇緜藐。色授魂與。心愉於側。於是酒中樂酣。天子芒然而思。
似若有亡。曰。嗟乎。此太奢侈。朕以覽聽餘閒。無事棄日。順天道以殺伐。時休息以
於此。恐後世（選作葉）靡麗。遂往而不返。非所以爲繼嗣創業垂統也。於是乎迺解酒

罷獵而命有司曰地可墾辟悉爲農郊以贍氓隸隤牆填塹使山澤之民得至焉實陂池而勿禁虛宮館（史記作觀）而勿仞發倉廩以救（史作作振）貧窮補不足恤鰥寡存孤獨出德號省刑罰改制度易服色革正朔與天下爲始於是歷吉日以齋戒襲朝服乘法駕建華旗鳴玉鸞游于六藝之囿馳騖乎仁義之塗覽觀春秋之林射貍首兼騶虞弋玄鶴舞（史記作建）干戚載雲罕掩羣雅悲伐檀樂樂胥修容乎禮園翱翔乎書圃述易道放怪獸登明堂坐清廟恣羣臣奏得失四海之內靡不受獲於斯之時天下大說鄉風而聽隨流而化芔（史記作喟）然興道而遷義刑錯而不用德隆於三皇功羨於五帝若此故獵迺可喜也若夫終日（史記下有暴露二字）馳騁勞神苦形罷車馬之用抗士卒之精費府庫之財而無德厚之恩務在獨樂不顧衆庶忘國家之政貪雉菟之獲則仁者不繇也從此觀之齊楚之事豈不哀哉地方不過千里而囿居九百是草木不得墾辟而民無所食也夫以諸侯之細而樂萬乘之所侈恐百姓被其尤也於是二子愀然改容超若自失逡巡避席曰鄙人固陋不知忌諱

迺今日見致。謹受（史記作闕）命矣。

右按漢書云。蜀人楊得意爲狗監。侍上。上讀子虛賦而善之。曰。朕獨不得與此人同時哉。得意曰。臣邑人司馬相如自言爲此賦。上驚。迺召問相如。相如曰。有是。然此迺諸侯之事。未足觀。請爲天子游獵之賦。上令尚書給筆札。相如以子虛。虛言也。爲楚稱。烏有先生者。烏有此事也。爲齊難。亡是公者。亡是人也。欲明天子之義。故虛藉此三人爲辭。以推天子諸侯之苑囿。其卒章歸之於節儉。因以風諫。奏之天子。天子大說。然則此蓋設辭。無是事。直以文爲賦云爾。其體本諸卜居漁父高唐神女。特其文尤沈博絕麗耳。西京雜記稱其爲此賦時。意思蕭散。不復與外事相關。控引天地。錯綜古今。忽然如睡。煥然而興。幾百日而後成。不信然哉。又蘇子由欒城遺言記子瞻語云。余少年苦不達爲文之節度。讀上林賦。如觀君子佩玉冠冕。還折揖讓。音吐皆中規矩。終日威儀。無不可觀。於此可知坡老赤壁二賦。蓋皆從長卿此賦來也。王世貞藝苑卮言云。子虛上林。材極富。辭極麗。而運筆極古雅。精。神。極。流。動。意。極。高。所。以。不。可。及。也。長沙有。其。意。而。無。其。材。班張潘有。其。材。而。無。其。筆。子雲有其筆而不得其精神流動處洵知言也又云詞賦非一時可就西京雜記言相如爲子虛上林游神蕩思百餘日乃就故也梁王兔園諸公無一佳者可知矣坐有相如寧當罰酒不免腐毫其推崇亦極至矣陸棻賦格評此篇云其宏博勝高唐而縱橫馳騁亦過之枚乘七發可與並衡他非所及也又云長卿賦心絕艷賦才絕豪風流誕放文如其人合觀子虛上林二篇千古奉爲規繩不啻梓匠之於班爾

又嘗從上至長楊獵還過宜春宮哀二世行失作賦以獻云登陂陁之長阪兮坌入曾宮之嵯峨臨曲江之隑州兮望南山之參差巖巖深山之谾谾兮通谷豁乎谽谺汩淢靸以永逝兮注平皐之廣衍觀衆樹之蓊薆兮覽竹林之榛榛東馳土山兮北揭石瀨弭節容與兮歷弔二世持身不謹兮亡國失勢信讒不寤兮宗廟滅絕烏乎（史記下有哀哉二字）操行之不得墓蕪穢而不修兮魂亡歸而不食（史記末更有句云夐邈絕）

而不齊兮彌久遠而愈佅精罔閬而飛揚兮拾九天而永逝嗚呼哀哉

又見上好僊以爲列僊之儒居山澤間形容甚臞此非帝王之僊意也乃遂奏大人賦其辭云世有大人兮在於中州宅彌萬里兮曾不足以少留悲世俗之迫隘兮朅輕舉而遠游乘（史記作垂）絳幡之素蜺兮載雲氣而上浮建格澤之修竿兮總光燿之采旄垂旬始以爲幓兮曳彗星而爲髾掉指橋以偃蹇（史記作蹇）兮又猗柅以招搖攙欃槍以爲旌兮靡屈虹而爲綢紅杳眇以玄湣兮猋風涌而雲浮駕應龍象輿之蠖略委麗兮驂赤螭青虬之蚴蟉宛蜒低卬夭蟜裾以驕驁兮詘折隆窮躩以連卷沛艾赳螑仡以佁儗兮放散畔岸驤以孱顏跮踱輵轄容以骫麗兮蜩蟉偃蹇怵㚟以梁倚糾蓼叫奡踏以艐路兮蔑蒙踊躍騰而狂趡莅颯卉歙猋至電過兮煥然霧除霍然雲消邪絕少陽而登太陰兮與眞人乎相求互折窈窕以右轉兮橫厲飛泉以正東悉徵靈圉而選之兮部署（史記作乘）衆神於搖光使五帝先導兮反大壹而從陵陽左玄冥而右黔（史記作含）雷兮前長離而後矞皇廝征伯僑而役

羨門兮。詔歧伯使尚方。祝融警而蹕御兮。淸氛氣而后行。屯余車而萬乘兮。綷雲蓋而樹華旗。使句芒其將行兮。吾欲往乎南娭。歷唐堯於崇山兮。過虞舜於九疑。紛湛湛其差錯兮。雜遝膠輵以方馳。騷擾衝蓯其紛挐兮。滂濞泱軋麗以林離。攢羅列聚叢以蘢茸兮。衍曼流爛痑以陸離。徑入雷室之砰磷鬱律兮。洞出鬼谷之堀礨崴魁。徧覽八紘而觀四海兮。朅度九江越五河。經營炎火而浮弱水兮。杭絕浮渚涉流沙。奄息葱極汜濫水娭兮。使靈媧鼓瑟而舞馮夷。時若曖曖將混濁兮。召屏翳誅風伯刑雨師。西望崑崙之軋沕荒忽兮。直徑馳乎三危。排閶闔而入帝宮兮。載玉女而與之歸。登閬風而遙集兮。亢鳥騰而壹止。低徊陰山翔以紆曲兮。吾乃今日睹西王母。暠然白首戴勝而穴處兮。亦幸三足烏爲之使。必長生若此而不死兮。雖濟萬世不足以喜。回車朅來兮。絕道不周。會食幽都。呼吸沆瀣兮餐朝霞。（史記此句兮字在句末）咀噍芝英兮嘰瓊華。僸祲尋而高縱兮。紛鴻溶而上厲。貫列缺之倒景兮。涉豐隆之滂濞。騁游道而修降兮。騖遺霧而遠逝。迫區中之隘陝兮。舒節出乎北垠遺屯騎於玄闕兮軼先驅於寒門下峥嶸而無地兮上嵺廓而無天視眩泯而亡見兮聽敞怳而亡聞乘虛亡而上遐兮超無友而獨存於是天子悅甚飄飄有凌雲氣游天地之閒意西京雜記謂夢一黄衣翁囑爲此賦慮傳之過甚耳姚惜抱云此賦多取於遠游遠游先訪求中國仙人之居乃上至天帝之宮又下周覽天地之間自於微閭以下分東西南北四段此賦自橫厲飛泉以正東以下分東南西北四段而求仙人之居意即載其間末六句與遠游語同然屈子意在遠去世之沈濁故云至清而與太初爲鄰長卿則謂帝若果能爲仙人即居此無聞無見無友之地亦胡樂乎此邪與屈子語同而意別矣按大人賦用遠游語宋人芥隱筆記已及之王楙野客叢書亦云小宋狀元謂相如大人賦全用屈原遠游中語僕覩相如美人賦又出於宋玉好色賦自宋玉好色賦相如擬之爲美人賦蔡邕又擬之爲協和賦曹植爲靜思賦陳琳爲止欲賦王粲爲閑邪賦應瑒爲正情賦張華爲永懷賦江淹爲麗色賦沈約爲麗人賦轉輾規仿以至於今

顧張皋文云美人賦疑出六朝人手筆但自是佳作而林下偶談則謂宋玉諷賦載於古文苑大略與登徒子好色賦相類然二賦蓋設辭以諷楚王耳司馬相如擬諷賦而作美人賦亦謂臣不好色則人知其爲誣也有不好色而能盜文君者乎此可以發千載之一笑胡韞玉亦云美人賦脫胎登徒子好色後半篇暗用柳下惠坐懷不亂之意然其辭曰弛其上服表其褻衣皓體呈露弱骨豐肌時來親臣柔滑如脂則視宋玉之眉如翠羽肌如白雪腰如束素齒如含貝者褻多矣況乎琴心之挑既美感夫卓女而乃謂脈定於內心正於懷信誓旦旦秉志不回其誰信邪今別錄長門賦於下

孝武皇帝陳皇后時得幸頗妒別在長門宮愁悶悲思聞蜀郡成都司馬相如天下工爲文奉黃（宋刻注云善本無黃字）金百斤爲相如文君取酒因于解悲愁之辭而相如爲文以悟主上陳皇后復得親幸其辭曰夫何一佳人兮（首句與末句爲起訖）步逍遙以自虞魂踰佚而不反兮形枯槁而獨居言我朝往而暮來兮飲食樂而忘人心慊移

而不省故兮。交得意而相親。伊予志之慢愚兮。懷貞慤之懽心。願賜問而自進兮。

得尙君之玉音。奉虛言而望誠兮。盡言望誠領一篇期城南之離宮。修薄具而自設兮。君

曾不肯乎幸臨。廓獨潛而專精兮。天漂漂而疾風。登蘭臺而遙望兮。神怳怳而外

淫。浮雲鬱而四塞兮。天窈窈而晝陰。雷殷殷而響起兮。聲象君之車音。飄風迴而

起閨兮。舉帷幄之襜襜。桂樹交而相紛兮。芳酷烈之誾誾。孔雀集而相存兮。玄猨

嘯而長吟。翡翠脅翼而來萃兮。鸞鳳翔而比南。心憑噫而不舒兮。邪氣壯而攻中。

下蘭臺而周覽兮。步從容於深宮。正殿塊以造天兮。鬱並起而穹崇。閒徙倚于東

廂兮。觀夫靡靡而無窮。擠玉戶以撼金鋪兮。聲噌吰而似鐘音。刻木蘭以爲榱兮。

飾文杏以爲梁。羅丰茸之游樹兮。離樓梧而相撐。施瑰木之欂櫨兮。委參差以槺

梁。時彷彿以物類兮。象積石之將將。五色炫以相曜兮。爛耀耀而成光。緻錯石之

瓴甓兮。象瑇瑁之文章。張羅綺之幔帷兮。垂楚組之連綱。撫柱楣以從容兮。覽曲

臺之央央。白鶴噭以哀號兮。孤雌跱於枯楊。非賦宮室乃寫周覽徙倚之情日黃昏而望絕兮。悵

獨託於空堂。懸明月以自照兮。徂清夜於洞房。援雅琴以變調兮。奏愁思之不可長。案流徵以却轉兮。聲幼妙而復揚。貫歷覽其中操兮。意慷慨而自卬。左右悲而垂淚兮。涕流離而從橫。舒息悒而增欷兮。蹝履起而彷徨。揄長袂以自翳兮。數昔日之諐殃。無面目之可顯兮。遂頹思而就牀。摶芬若以爲枕兮。席荃蘭而茝香。忽寢寐而夢想兮。魄若君之在旁。惕寤覺而無見兮。魂迋迋若有亡。衆雞鳴而愁予兮。起視月之精光。觀衆星之行列兮。畢昴出于東方。望中庭之藹藹兮。若季秋之降霜。夜曼曼其若歲兮。懷鬱鬱其不可再更。澹偃蹇而待曙兮。荒亭亭而復明。妾人竊自悲兮。究年歲而不敢忘。余按此事亦見獨異志（志云漢武陳皇后本其姑主標女也色衰寵後宮乃以黃金五百斤賂司馬相如令作賦武帝見之再得寵幸）疑或實有是事也。陸棻賦格評其篇云。詞淺而意深。情迫而調緩。不假修飾。丰態綽有餘妍。後人所以不能及。胡韞玉云。論者謂子虛緊峭。上林衍博。余謂二賦浩氣內轉。精光外溢。譬之長江巨河。大波堆銀。細沫噴雪。心駭目驚。莫可名狀。千里一曲。自成波瀾。特人不見耳。長門悲而不傷。善於寫怨者也愚按長卿子虛上林直從高唐神女變化出之兩篇猶之一篇也而設辭尤爲閎大文亦沈博絕麗足副其製厥後揚雄班張之徒長楊羽獵三都兩京之作類從此脫胎以名其家則不可謂非極辭賦之能事矣顧不第此也猶且擴而大之以盡其巧如難蜀父老封禪又二篇皆是也蓋時至漢武辭賦之士炳焉蔚起淮南梁孝二王所招致者尤衆類皆竭其智能有所述作如枚乘七發之篇自是一時創格不相茵襲長卿既日與游處又重之以其鴻博夫又安得不別開蹊徑自成絕調耶胡韞玉稱其效古不襲規獲有源氣彊辭妍句屈意密是眞能爲炳炳烺烺之文者洵不誣也

難蜀父老云漢與七十有八載德茂存乎六世威武紛紜湛恩汪濊羣生澍濡洋溢乎方外于是乃命使西征隨流而攘風之所被罔不披靡因朝冉從駹定筰存邛略斯榆舉苞蒲結軌還轅東鄉將報至于蜀都（敘次之妙兩手璘瑞從文德始以武功終著語妙有含蓄）耆老大夫縉紳先生之徒二十有七人儼然造焉辭畢因進曰蓋聞天子之于裔狄

也。其義羈縻勿絕而已。今罷三郡之士通夜郎之塗。三年于茲。而功不竟。士卒勞倦。萬民不贍。今又接之以西夷。百姓力屈。恐不能卒業。此亦使者之累也。竊爲左右患之。且夫卭筰西僰之與中國並也。歷年茲多。不可記已。仁者不以德來。强者不以力幷。意者殆不可乎。今割齊民以附夷狄。弊所恃以事無用。鄙人固陋不識所謂。（起處寫得似平易偏從父老口中說得如此煩擾句句切道理恰又句句按時勢固知此段乃是諷諫正旨也）使者曰。烏謂此耶。必若所云。則是蜀不變服。而巴不化俗也。余尚惡聞若說。然斯事體大。固非觀者之所覯也。余之行急。其詳不可得聞已。請爲大夫粗陳其略。蓋世必有非常之人。然後有非常之事。有非常之事。然後有非常之功。非常者固常人之所異也。故曰。非常之原。黎民懼焉。及臻厥成。天下晏如也。（固爲好大喜功者解嘲然說出如許道理確甚文更渾成）昔者鴻水浡出。汎濫衍溢。民人登降移徙。崎嶇而不安。夏后氏戚之。乃堙鴻水。決江疏河。灑沉澹災。東歸之于海。而天下永寧。當斯之勤。豈惟民哉。心煩于慮。而身親其勞。躬胝無胈。膚不生毛。故休烈顯乎無窮。聲稱浹乎今茲。（昔禹爲非常二字作證恰又爲好大喜功者反照）

且夫賢君之踐位也，豈特委瑣齷齪，拘文牽俗，循誦習傳，當世取說云爾哉？必將崇論閎議，創業垂統，爲萬世規。故馳騖乎兼容幷包，而勤思乎參天貳地。且詩不云乎：普天之下，莫非王土；率土之濱，莫非王臣。是以六合之內，八方之外，浸淫衍溢，懷生之物，有不浸潤于澤者，賢君恥之。摹描非常，正點出好大喜功病根。今封疆之內，冠帶之倫，咸獲嘉祉，靡有闕遺矣。略作一頓有度。而夷狄殊俗之國，遼絕異黨之地，舟輿不通，人跡罕至，政教未加，流風猶微。內之則犯義侵禮于邊境，外之則邪行橫作，放弒其上，君臣易位，尊卑失序，父兄不辜，幼孤爲奴，係縲號泣，內鄉而怨，曰：蓋聞中國有至仁焉，德洋恩普，物靡不得其所，今獨曷爲遺己！舉踵思慕，若枯旱之望雨。金曰：看他無中生有，只是尙書徯我後三字，化成如此一段文字。盭夫爲之垂涕，況乎上聖，又惡能已？金曰：曲折頓挫，極盡文態。故北出師以討強胡，南馳使以誚勁越，四面風德，二方之君，鱗集仰流，願得受號者以億計。故乃關沬若，徼牂牁，鏤靈山，梁孫原，創道德之塗，垂仁義之統，將博恩廣施，遠馭長駕，使疏逖不閉，曶爽闇昧，得耀乎光明，以偃甲兵于此，而息誅伐于彼。

遐邇一休中外禔福不亦康乎（試看將字使字以字而字率強得妙卻自涵涵而出曲盡文態）夫拯民于沈溺奉至尊之休德及衰世之陵遲繼周氏之絕業斯乃天子之急務也百姓雖勞又惡可以已哉（一束文字流暢）且夫王者固未有不始于憂勤而終于佚樂者也（承上一振文極蕩漾）然則受命之符合在于此矣（又急收轉方不散漫）方將增泰山之封加梁父之事鳴和鸞揚樂頌上咸五下登三觀者未觀指聽者未聞音猶鷦鷯已翔乎寥廓而羅者猶視乎藪澤悲夫（收結語翱翔容與音節俱暢）于是諸大夫芒然喪其所懷來失厥所以進喟然並稱曰允哉漢德此鄙人之所願聞也百姓雖怠請以身先之敞罔靡徙遷延而辭避

案此亦設辭也且爲封禪文張本據漢書本傳云相如使時蜀長老多言通西南夷之不爲用大臣亦以爲然相如欲諫業已建之不敢乃著書藉蜀父老爲辭而已詰難之以風天子且因宣其使指令百姓皆知天子意則其文非紀實可覩已始于憂勤終於佚樂受命之符合在於此非即封禪之導觴耶

又封禪文云伊上古之初肇自昊穹之民生歷選列辟以迄于秦率邇者踵武逖

聽者風聲。紛綸葳蕤。湮滅而不稱者。不可勝數也。繼昭夏。崇號謚。略可道者七十有二君。罔若淑而不昌。疇逆失而能存。軒轅之前。遐哉邈乎。其詳不可得聞已。五三六經載籍之傳。維風可觀也。書曰。元首明哉。股肱良哉。因斯以談。君莫盛于唐堯。臣莫賢于后稷。后稷創業于唐。堯公劉發跡于西戎。文王改制。爰周郅隆。大行越成。（盛鴻先生云成即成王也下云躡梁父登泰山即管子所云成王封太山禪社首）而後陵遲衰微。千載亡聲。豈不善始善終哉。然無異端。慎所由于前。謹遺教于後耳。故軌跡夷易。易遵也。湛恩厖鴻。易豐也。憲度著明。易則也。垂統理順。易繼也。是以業隆於繈褓。而崇冠於二后。揆厥所元。終都攸卒。未有殊尤絕跡可考于今者也。（銘按此處文則狹小成王而夸漢實則謂古聖謙慎之道易遵易繼今舍之而更爲浩侈則雖以遵繼古聖所未爲而今欲過之可乎）然猶躡梁父。登太山。建顯號。施尊名。大漢之德。逢涌原泉。沕潏曼羨。旁魄四塞。雲布霧散。上暢九垓。下泝八埏。懷生之類。霑濡浸潤。協氣橫流。武節猋逝。邇陜遊原。迥闊泳沫。首惡鬱沒。晻昧昭晣。昆蟲闓懌。回首面內。然後囿騶虞之珍羣。徼麋鹿之怪獸。導一莖六穗于庖。犧雙觡共抵之獸。

獲周餘放龜于岐。招翠黃乘龍于沼。鬼神接靈圉。賓於閒館。奇物譎詭。俶儻窮變。欽哉符瑞臻茲。猶以爲德薄。不敢道封禪。蓋周躍魚隕航。休之以燎。微夫斯之爲符也。以登介邱。不亦恧乎。進讓之道。何其爽歟。于是大司馬進曰。陛下仁育羣生。義征不譓。諸夏樂貢。百蠻執贄。德侔往初。功無與二。休烈浹洽。符瑞衆變。期應紹至。不特創見。意者泰山梁甫。設壇場望幸。蓋（壺埸先生云師古曰蓋發語辭子詁從如考工記輪人爲之蓋）號以況榮。上帝垂恩儲祉。將以慶成。陛下謙讓而弗發也。挈三神之歡。缺王道之儀。羣臣恧焉。或謂且天爲質。（壺埸先生云周頌匪且有且毛傳云且此也）闇示珍符。固不可辭。若然辭之。是泰山靡記。而梁父罔幾也。亦各並時而榮。成濟厥世而屈。說者、尚何稱於後。而云七十二君哉。夫修德以錫符。奉命以行事。不爲進越也。故聖王不替。而修禮地祇。謁款天神。勤功中嶽。以章至尊。舒盛德。發號榮。受厚福。以浸黎元。皇皇哉斯事。天下之壯觀。王者之丕業。不可貶也。願陛下全之。而後因雜薦紳先生之略術。使獲燿日月之末光。絕炎以展寀。錯事猶兼正。列其義。祓飾厥文。作春秋一藝。將襲舊六爲七攄之無窮俾萬世得激清流揚微波飛英聲騰茂實前聖所以永保鴻名而常爲稱首者用此宜命掌故悉奏其儀而覽焉于是天子沛然改容曰俞乎朕其試哉乃遷思迴慮總公卿之議詢封禪之事詩大澤之博廣符瑞之富遂作頌曰自我天覆雲之油油甘露時雨厥壤可游滋液滲漉何生不育嘉穀六穗我穡曷蓄乃唯雨之又潤澤之非唯徧之我氾布護之萬物熙熙懷而慕思名山顯位望君之來君乎君乎侯不邁哉般般之獸樂我君圃白質黑章其儀可嘉旼旼穆穆君子之態蓋聞其聲今親其來厥塗靡從天瑞之徵茲亦於舜虞氏以興濯濯之麟游彼靈時孟冬十月君徂郊祀馳我君輿帝用享祉三代之前蓋未嘗有宛宛黃龍興德而升采色炫耀煥炳煇煌正陽顯見覺悟黎蒸於傳載之云受命所乘厥之有章不必諄諄依類託寓喻以封巒披藝觀之天人之際已交上下相發允答聖王之德兢兢翼翼故曰於興必慮衰安必思危是以湯武至尊嚴不失肅祗舜在假典顧省闕遺此之謂也姚薑塢云封禪文相如創爲之體兼賦頌其設

意措辭皆翔躡虛無非如揚班之徒誕妄貢諛爲蹠實之文也通體結構若無畔岸如雲與水溢一片渾茫駿邈之氣觀揚班之作而後知相如文句句欲活余按薑塢之言是也攷漢書藝文志雜賦十二家一曰客主賦十八篇二曰雜行出及頌德賦二十四篇客主賦卽設辭無事實如子虛上林難蜀父老之類沈欽韓云子墨客卿翰林主人蓋用其體者是也封禪文則似屬於行出及頌德之意攷藝文志又別載李思孝景皇帝頌十五篇而古文苑有董仲舒山川頌一篇是賦頌二體固無不可以參互錯綜也長卿爲文善變觀於其答盛長通問自見則此文非其所傑作耶總之長卿才大學博通六書之惜作凡將篇無重復之字故能通於詞章運用自如非若其他作者徒工模擬也董漢策云長卿之賦變體于騷故離奇古奧了無凡響作賦者斷當奉以爲法致如六朝之綺麗祇可供玩香奩唐人之菁華僅充棘闈應制宋賢之淸散聊以抒寫賦心均非其至也由是以觀長卿之賦非漢代之雄哉

第八章　西漢下　楊雄

長卿之後。詞人之能以其才與學。崛然繼起。而無媿者。厥惟子雲。其答桓譚書云。長卿賦不似從人間來。其神化所至耶。大抵能讀則能爲之。諺云。伏習衆神。巧者不過習者之門。則其少年用力之勤。略可覩矣。蓋其平生心服相如。每作常儗以爲式。故桓譚新論亦云。予少時見揚子雲麗文高論。不量年少。猥欲追及。業作小賦。用思大劇。而立感動發病。子雲亦言成帝幸甘泉。詔使作賦。爲之卒暴。倦臥。夢其五藏出地。以手收之。覺大少氣。病一歲。余欲從學。子雲曰。能讀千賦。則善之矣。由此觀之。子雲之於賦頌。非西漢末年一人而已哉。漢書本傳稱其嘗怪屈原文過相如。至不容。作離騷。自投江而死。悲其文。讀之未嘗不流涕也。以爲君子得時則大行。不得時則龍蛇。遇不遇命也。何必湛身哉。乃作書。往往摭離騷文而反之。自岷山投諸江流。以弔屈原。名曰反離騷。又旁離騷作重一篇。名曰廣騷。又旁惜誦以下至懷沙一卷。名曰畔牢愁。至成帝時。客遂有薦雄文似相如者。上方郊祠甘泉秦時汾陰后土以求繼嗣召雄待詔承明之庭正月從上甘泉還奏賦以風之甘泉本秦離宮既奢泰武帝復增通天高光迎風宮外近則洪厓旁皇儲胥弩陸遠則石關封巒枝鵲露寒常梨師得遊觀屈奇瑰偉非木摩而不彫牆塗而不畫周宣所考盤庚所遷夏卑宮室唐虞采椽三等之制也且其爲已久矣非成帝所造欲諫則非時欲默則不能已故遂推而隆之乃上比於帝室紫宮若曰此非人力之所爲黨鬼神可也又是時趙昭儀方大幸每上甘泉常請從在屬車間豹尾中故聊陳車騎之衆參麗之駕非所以感動天地逆釐三神也又言屏玉女卻虙妃以徵戒齊肅之事賦成奏之天子異焉其辭曰

惟漢十世將郊上玄定泰時擁神休尊明號同符三皇錄功五帝卹胤錫羨拓迹開統於是迺命羣僚歷吉日協靈辰星陳而天行（此句雖似平常然下文奇麗之想俱從此生）詔招搖與太陰兮伏鉤陳使當兵屬堪輿以壁壘兮梢夔魖而抶獝狂八神奔而警蹕兮振殷轔而軍裝（此猶略寫其梗概耳下文方暢言之）蚩尤之倫帶干將而秉玉戚兮飛蒙茸而走陸

梁齊總總以撙撙其相膠轕兮猋駭雲迅奮以方攘駢羅列布鱗以雜沓兮傑傂參差魚頡而鳥䀏翕赫曶霍霧集而蒙合兮半散照爛粲以成章（此是古賦最妙處後世綺麗婀娜直是香奩中物何能望子雲項背）於是乘輿迺登夫鳳凰兮而翳華芝駟蒼螭兮六素虯（忽作飄飄之句仙乎仙乎）蠖略蕤綏灕虖襂纚帥爾陰閉霅然陽開（奇句得未曾有幾欲手握化工）騰清霄而軼浮景兮夫何旟旐郅偈之旖旎也流星旄以電爥兮咸翠蓋而鸞旗屯萬騎於中營兮方玉車之千乘聲駍隱以陸離兮輕先疾雷而馺遺風凌高衍之嵱嵸兮超紆譎之清澄登椽欒而狃天門兮馳閶闔而入凌兢（摹寫如天如帝之況覺似置身雲霄總爲星陳天行句作注脚）是時未臻夫甘泉也迺望通天之繹繹下陰潛以慘懔兮上洪紛而相錯直嶢嶢以造天兮厥高慶而不可乎彌度平原唐其壇漫兮列新雉于林薄攢栟櫚與茇葀兮紛被麗其亡鄂崇丘陵之駊騀兮深溝嶔巖而爲谷䆳䆳離宮般以相燭兮封巒石關施靡乎延屬（從未至甘泉遙瞭近睇極力摹寫文境便深邃彼矜誇制度漫及棧題者直是土木文章何足當子雲一盻）於是大廈雲譎波詭摧嗺而成觀仰撟首以高視兮目冥眴而無見正瀏濫以弘惝兮

指東西之漫漫徒徊徊以徨徨兮魂眇眇而昏亂據軨軒而周流兮忽坱圠而無垠翠玉樹之青蔥兮璧馬犀之瞵㻞（瞵句珊珊然嶒有彩遮之成韵）之金人仡仡其承鐘虡兮嵌巖巖其龍鱗揚光曜之燎燭兮垂景炎之炘炘配帝居之懸圃兮象太乙之威神洪臺崛其獨出兮㯉北極之嶟嶟列宿乃施於上榮兮日月纔經於柍桭雷鬱律於巖窔兮電倏忽於牆藩鬼魅不能自逮兮半長途而下顛歷倒景而絕飛梁兮浮蠛蠓而撇天（驅箕天文發爲鉅觀八句中凡三變日月雷電鬼魅蠛蠓絕不相蒙棐成奇彩直神物也）左欃槍而右玄冥兮前熛闕而後應門陰西海與幽都兮涌醴汩以生川蛟龍連蜷於東崖兮白虎敦圉乎崑崙覽樛流於高光兮溶方徨於西清前殿崔巍兮和氏玲瓏炕浮柱之飛榱兮神莫莫而扶傾閌閬閬其寥廓兮似紫宮之崢嶸駢交錯而曼衍兮峻嵲隗乎其相嬰乘雲閣而上下兮紛蒙籠以混成曳紅采之流離兮颺翠氣之宛延（敘語）（淡然太和遂化前文之奇詭）襲琁室與傾宮兮若登高眇遠亡國肅乎臨淵（如此富皇華麗中忽着此沈冷句子）（便如水澆背逕在命意都非世間所有）迴猋肆其碭駭兮翍桂椒而鬱移楊香芬茀以穹隆兮擊薄

櫨而將榮。薌呹肸以棍批兮。聲駍隱而歷鍾。排玉戶而颺金鋪兮。發蘭蕙與芎藭。
帷絪縕其拂汩兮。稍暗暗而靜深。陰陽清濁。穆羽相和兮。若夔牙之調琴。般倕棄
其剞劂兮。王爾役其鉤繩。雖方征僑與偓佺兮。猶彷彿其若夢。於是事變物化。目
駭耳回。蓋天子穆然珍臺閒館琁題玉英蟺蜎蠖濩之中。鬼神萬狀少出一位至尊不得語極鎮靜所謂動者靜之也
惟夫所以澄心清魂。儲精垂恩。感動天地。逆釐三神者。迺搜逑索偶。皋伊
之徒。冠倫魁能。函甘棠之惠。挾東征之意。相與齊乎陽靈之宮。有此一段致齊妙句文氣始覺靜深矣
靡薜荔而為席兮。折瓊枝以為芳。噏清雲之流霞兮。飲若木之露英。集乎禮神
之囿。登乎頌祇之堂。建光耀之長旓兮。昭華覆之威威。攀璇璣而下視兮。行遊目
乎三危。陳眾車於東阬兮。肆玉軑而下馳。漂龍淵而還九垠兮。窺地底而上迴。風
漎漎而扶轄兮。鸞鳳紛其銜蕤。梁弱水之濎濙兮。躡不周之逶迤。想西王母忻然
而上壽兮。屏玉女而卻宓妃。玉女無所眺其清矑兮。宓妃曾不得施其蛾眉。方擥
道德之精剛兮。侔神明與之為資。於是欽柴宗祈。燎薰皇天。招搖泰乙。舉洪頤樹

靈旗。樵蒸焜上。配藜四施。東燭滄海。西耀流沙。北熿幽都。南煬丹厓。玄瓚觩醪。秬鬯泔淡。肸蠁豐融。懿懿芬芬。炎感黃龍兮。熛訛碩麟。選巫咸兮叫帝閽。開天庭兮延羣神。儐暗藹兮降清壇。瑞穰穰兮委如山。於是事畢、功弘、迴車而歸、度三巒兮偈棠梨。天閫決兮地垠開。八荒協兮萬國諧。登長平兮雷鼓磕。天聲起兮勇士厲。雲飛揚兮雨滂沛。于胥德兮麗萬世。亂曰、崇崇圜丘。隆隱天兮。登降峛崺。單埢垣兮。增宮參差。駢嵯峨兮。岭巆嶙峋。洞無涯兮。上天之縡。杳旭卉兮。聖皇穆穆。信厭對兮。徠祗郊禋。神所依兮。徘徊招搖。靈棲遲兮。光煇炫耀。降厥福兮。子子孫孫。長無極兮。

按雄答劉歆書云、雄作成都城四隅銘、蜀人有楊莊者、為郎、誦之於成帝、以為似相如、雄遂以此得見、然則雄之進身、幾與長卿相類、而薦之者一為楊得意、一為楊莊、何楊氏之善薦文士也、陸棻賦格三輔黃圖云、甘泉宮在雲陽縣甘泉山、秦始皇所築、漢武增廣之、非成帝所造、故曰欲諫則非時也、昭儀姊娣並寵、禍水方

張而逆釐祈嗣神何以格雄作此諷可謂麗而不失乎則矣

何焯云賦家之心當以子雲此言求之無非六義之風非苟爲夸飾也其或本頌功德而反事侈靡淫而非則則是司馬楊班之罪人矣又按漢書云其三月將祭后土上迺帥羣臣橫大河湊汾陰既祭行遊介山回安邑顧龍門覽鹽池登歷觀陟西岳以望八荒迹殷周之虛眇然以思唐虞之風雄以爲臨川羨魚不如歸而結網乃上河東賦以勸其辭比擬楚騷大體與甘泉相彷彿茲不贅錄錄羽獵長楊二賦以覩其盛羽獵賦云（以下均據漢書）

其十二月羽獵雄從以爲昔在二帝三王宮館臺榭沼池苑囿林麓藪澤財足以奉郊廟御賓客充庖廚而已不奪百姓膏腴穀土桑柘之地女有餘布男有餘粟國家殷富上下交足故甘露零其庭醴泉流其唐鳳皇巢其樹黃龍游其沼麒麟臻其囿神爵棲其林昔者禹任益虞而上下和草木茂成湯好田而天下用足文王囿百里民以爲尙小齊宣王囿四十里民以爲大裕民之與奪民也武帝廣開

上林南至（選南至上有東字）宜春鼎胡（選作湖）御宿昆吾旁南山而（選無而字）至長楊五柞北繞黃山瀕渭而東周袤數百里穿昆明池象滇河營建章鳳闕神明馺娑漸臺泰液象海水周流方丈瀛洲蓬萊遊觀侈靡窮妙極麗雖頗割其三垂自贍齊民然至羽獵田（選作甲）車戎馬器械儲偫禁禦所營尚泰奢麗誇詡非堯舜成湯文武三驅之意也又恐後世復修前好不折中以泉臺故聊因校獵賦以風之其辭曰或稱戲農豈或帝王之彌文哉論者云否各亦並時而得宜奚必同條而共貫則泰山之封烏（選作[illegible]）得七十而有二儀是以創業垂統者俱不見其爽遐邇三五孰知其是非（義農崇節儉不尚奢麗夸詡後世聖王莫不同條共貫殿論者之言明當法古也）遂作頌曰麗哉神聖處於玄宮富既與地虖侔訾貴正與天虖比崇齊桓曾不足使扶轂楚嚴未足以爲驂乘陿三王之阸僻嶠高舉而大興歷五帝之寥廓涉三王之登閎建道德以爲師友仁義與爲朋於是玄冬季月天地隆烈萬物權輿於內徂落於外帝將惟田于靈之囿開北垠受不周之制以終始顓頊玄冥之統廼詔虞人典澤東延昆鄰西馳閶闔

儲積其待戍卒夾道斬叢棘夷野草禦自汧渭經營酆鎬章皇周流出入日月天與地沓爾迺虎路三嵕以爲司馬圍經百里而爲殿門外則正南極海邪界虞淵鴻濛沆茫碣以崇山營合圍會然后先置虖白楊之南昆明靈沼之東賁育之倫蒙盾負羽杖鏌邪而羅者以萬計其餘荷垂天之畢張竟壄之罘靡日月之朱竿曳慧星之飛旗青雲爲紛虹蜺爲繯屬之虖昆侖之虛渙若天星之羅浩如濤水之波淫淫與與前後要遮欃槍爲闉明月爲候熒惑司命天弧發射鮮扁陸離駢衍佖路徽車輕武鴻絧緁獵殷殷軫軫被陵緣阪窮冥極遠者相與迾虖高原之上羽騎營營昈分殊事繽紛往來轠轤不絕若光若滅者布虖青林之下於是天子迺以陽晁始出虖玄宮撞鴻鐘建九流六白虎載靈輿蚩尤並轂蒙公先驅立歷天之旂曳捎星之旃辟歷列缺吐火施鞭萃從沇溶淋離廓落戲八鎮而開關飛廉雲師吸嚊潚率鱗羅布列攢以龍翰啾啾蹌蹌入西園切神光望平樂徑竹林蹂蕙圃踐蘭唐舉烽烈火轡者施技方馳千駟校騎萬師虓虎之陳從橫膠輵

猋泣雷厲驞駍駖磕洶洶旭旭天動地岋羨漫半散蕭條數千萬里外若夫壯士忼慨殊鄉別趣東西南北騁耆奔欲拕蒼豨跋犀犛蹶浮麋斮巨狿搏玄蝯騰空虛歫連卷踔夭蹻娭澗門莫莫紛紛山谷為之風猋林叢為之生塵及至獲夷之徒蹶松柏掌疾梨獵蒙蘢轔輕飛履般首帶修蛇鉤赤豹摼象犀跇巒阬超唐陂車騎雲會登降闇藹泰華為旒熊耳為綴木仆山還漫若天外儲與虖大溥聊浪虖宇內於是天清日晏逢蒙列眥羿氏控弦皇車幽輵光純天地望舒彌轡翼虖徐至於上蘭移圍徙陳浸淫蹵部曲隊堅重各案行伍壁壘天旋神抶電擊逢之則碎近之則破鳥不及飛獸不得過軍驚師駭刮野埽地及至罕車飛揚武騎聿皇蹈飛豹羂嘐陽追天寶出一方應駍聲擊流光埜盡山窮囊括其雌雄沇沇容容遙噱虖紘中三軍芒然窮冘閼與亶觀夫票禽之紲隃犀兕之抵觸熊羆之拏攫虎豹之淩遽徒角槍題注蹙竦讋怖魂亡魄觸輻關脰妄發期中進退履獲創淫輪夷邱累陵聚於是禽殫中衰相與集於靖冥之館以臨珍池灌以岐梁溢以

江河。東瞰目盡。西暢亡厓。隨珠和氏。焯爍其陂。玉石嶜崟。眩燿青熒。漢女水潛。怪物暗冥。不可殫形。玄鸞孔雀。翡翠垂榮。王雎關關。鴻雁嚶嚶。羣娭虖其中。噍噍昆明。晃鷺振鷺。上下砰磕。聲若雷霆。乃使文身之技。水格鱗蟲。淩堅冰。犯嚴淵。探巖排碕。薄索蛟螭。蹈獱獺。據黿鼉。抾靈蠵。入洞穴。出蒼梧。乘鉅鱗。騎京魚。浮彭蠡。目有虞。方椎夜光之流離。剖明月之胎珠。鞭洛水之虙妃。餉屈原與彭胥。於茲虖鴻生鉅儒。俄軒冕。雜衣裳。修唐典。匡雅頌。揖讓於前。昭光振燿。蠁曶如神。仁聲惠於北狄。武義動於南鄰。是以旃裘之王。胡貉之長。移珍來享。抗手稱臣。前入圍口。後陳盧山。羣公常伯。楊朱墨翟之徒。喟然並稱曰。崇哉乎德。雖有唐虞大夏成周之隆。何以侈茲。夫古之觀東嶽。禪梁基。舍此世也。其誰與哉。上猶謙讓而未俞也。何義門云楊朱墨翟異端曲學不知聖賢之業者也自方將以下乃申作賦之旨何說是也此喟然並稱之辭首論云雖時論得宜也方將以下乃創業垂統所以不爽

方將上獵三靈之流。下決醴泉之滋。發黃龍之穴。窺鳳皇之巢。臨麒麟之囿。幸神雀之林。奢雲夢。侈孟諸。非章華。是靈臺。罕徂離宮而輟觀游。土事不飾。木工不雕。

承民乎。農桑勸之以弗迨。儕男女使莫違。恐貧窮者、不徧被洋溢之饒。開禁苑散公儲。創道德之囿。宏仁惠之虞。馳弋乎神明之囿。覽觀乎羣臣之有亡。放雉菟收罝罘。麋鹿芻蕘與百姓共之。蓋所以臻茲也。於是醇洪鬯之德。豐茂世之規。加勞三皇。勖勤五帝。不亦至乎。迺祗莊雍穆之徒。立君臣之節。崇賢聖之業。未皇苑囿之麗。游獵之靡也。因回軫還衡。背阿房。反未央。長楊賦云

明年。上將大誇胡人以多禽獸。秋命右扶風發民入南山。西自褒斜。東至弘農。南敺漢中。張羅罔罝罘。捕熊羆、豪豬、虎豹、狖玃、狐菟、麋鹿。載以檻車。輸長楊射熊館。以罔爲周阹。縱禽獸其中。令胡人手搏之。自取其獲。上親臨觀焉。是時農民不得收斂。雄從至射熊館。還上長楊賦。聊因筆墨之成文章。故藉翰林以爲主人。子墨爲客卿以風。其辭曰。子墨客卿問於翰林主人曰。蓋聞聖主之養民也。仁霑而恩洽。動不爲身。今年獵長楊。先命右扶風。左太華而右褒斜。椓巀嶭而爲弋。紆南山以爲罝。羅千乘於林莽。列萬騎於山隅。帥軍踤阹。錫戎獲胡。搤熊羆。拕豪豬。木擁

槍纍以爲儲胥此天下之窮覽極觀也雖然亦頗擾於農民三旬有餘其廑至矣而功不圖恐不識者外之則以爲娛樂之遊內之則不以爲乾豆之事豈爲民乎哉且人君以玄默爲神澹泊爲德今樂遠出以露威靈數搖動以疲車甲本非人主之急務也蒙竊惑焉翰林主人曰吁謂之茲邪若客所謂知其一未覩其二見其外不識其內者也僕嘗倦談不能一二其詳請略舉凡而客自覽其切焉客曰唯唯主人曰昔有彊秦封豕其士士選作土窫窳其民鑿齒之徒相與磨牙而爭之豪俊糜沸雲擾羣黎爲之不康於是上帝眷顧高祖高祖奉命順斗極運天關橫鉅海票昆侖提劍而叱之所過麾城摲邑下將降旗一日之戰不可殫記當此之勤頭蓬不暇疏飢不及餐鞮鍪生蟣蝨介冑被霑汗以爲萬姓請命虖皇天迺展民之所詘振民之所乏規億載恢帝業七年之間而天下密如也逮至聖文隨風乘流方垂意於志寧躬服節儉綈衣不弊革鞜不穿大夏不居木器無文於是後宮賤瑇瑁而疏珠璣却翡翠之飾除雕瑑之巧惡麗靡而不近斥芬芳而不御抑止

絲竹晏衍之樂。憎聞鄭衛幼眇之聲。是以玉衡正而太階平也。其後熏鬻作虐。東夷橫畔。羌戎睚眦。閩越相亂。遐萌爲之不安。中國被其難。於是聖武勃怒。爰整其旅。迺命票衛。紛紜沸渭。雲合電發。猋騰波流。機駭蠭軼。疾如奔星。擊如雷霆。砰轒轀。破穹廬。腦沙幕。髓余吾。遂躐乎王庭。毆橐它。燒熐蠡。分梨單于。磔裂屬國。夷阬谷。拔鹵莽。刊山石。蹂屍輿廝。係累老弱。兗鋋瘢耆。金鏃淫夷者。數十萬人。皆稽顙樹頜。扶服蛾伏。二十餘年矣。尚不敢惕息。夫天兵四臨。幽都先加。迴戈邪指。南越相夷。靡節西征。羌僰東馳。是以遐方疏俗。殊鄰絕黨之域。自上仁所不化。茂德所不綏。莫不蹻足抗手。請獻厥珍。使海內澹然。永亡邊城之災。金革之患。今朝廷純仁。遵道顯義。并包書林。聖風雲靡。英華沈浮。洋溢八區。普天所覆。莫不沾濡。士有不談王道者。則樵夫笑之。故意者以爲事罔隆而不殺。物靡盛而不虧。故平不肆險。安不忘危。迺時以有年出兵。整輿竦戎。振師五莋。習馬長楊。簡力狡獸。校武票禽。迺萃然登南山。瞰烏弋。西壓月𩩲。東震日域。又恐後代迷於一時之事。常以此爲國家之大務淫荒田獵陵夷而不禦也是以車不安軔日未靡旃從者仿佛骫屬而還亦所以奉太尊之烈遵文武之度復三王之田反五帝之虞使農不輟耰工不下機婚姻以時男女莫違出愷弟行簡易矜劬勞休力役見百年存孤弱帥與之同苦樂然後陳鐘鼓之樂鳴鞀磬之和建碣磍之虡桔隔鳴球掉八列之舞酌允鑠肴樂胥聽廟中之雍雍受神人之福祜歌投頌吹合雅其勤若此故眞神之所勞也方將俟元符以禪梁父之基增泰山之高延光於將來比榮乎往號豈徒欲淫覽浮觀馳騁秔稻之地周流梨栗之林蹂踐芻蕘誇詡衆庶盛狖玃之收多麋鹿之獲哉且盲不見咫尺而離婁燭千里之隅客徒愛胡人之獲我禽獸曾不知我亦已獲其王侯（誇胡人只總一筆措詞妙）言未卒墨客降席再拜稽首曰大哉體乎允非小子之所能及也迺今日發矇廓然已昭矣

何焯云羽獵賦序以議論賦用敘事長楊賦序用敘事賦出議論此善於用變也

羽獵步趨上林而意極誇張語加奇崛以序中奢麗誇詡四字爲主歸諸謙遜以

為諷也長楊之事尤為荒逸故其辭切又云客卿之談正論也主人之言微詞也正論多忤微詞易入所以為諷借客卿口中入正論正妙於諷也余按義門之言是也賦設問答荀卿已然敍議兼施屈宋尤具至子虛上林厥致彌極仿之者如兩京兩都三都及雄所作皆是也首尾是文中間是賦世傳既久變而又變其中間之賦以鋪張為靡而專主於詞者則流於齊梁唐初之俳體其首尾之文以議論為便而專於理者則流為唐末及宋之文體祝堯氏所謂性情益遠六義漸盡體制遂失豈不然哉

又按雄傳所載賦僅四篇而藝文志謂有十二篇今攷古文苑有雄所撰太玄蜀都逐貧三賦又文選注有覈靈賦沈欽韓謂略見御覽而說文氏部引雄解嘲響若氏隤語亦謂之賦（陶紹曾說）慮悉在此十二篇中也又漢志列屈原賦二十五篇蓋即今之離騷而雄有反騷廣騷畔牢愁三篇合以解難一篇則雄賦不幾多乎胡韞玉云甘泉辭氣弘肆音節抑揚如周鼎商彝自然大雅羽獵上林之遺奇崛過

之長楊又一格矣太玄體近離騷理兼莊老造句辭遺雅近古質逐貧體稍卑矣然采絕浮藻聲無繁絃事雖游戲辭可法則大抵逐貧長於客難太玄亞於服鳥也解嘲麗矣非子雲佳作整飭弘潤煥乎有文惟古意漸亡少淳厚之氣蓋文有所摹卽氣有所傷也史稱子雲恬於勢利三世不徙官然劇秦美新已貽後人口實卽解嘲之作亦熱中太甚以滑稽之辭抒憤懣之氣身將隱矣又焉用文既默默守玄復囂囂置辯誰謂其能泊如也予謂是論切中其病然史又言雄以爲賦者將以風也必推類而言極麗靡之辭閎侈鉅衍競於使人不能加也既乃歸一於正然覽者已過矣往時武帝好神仙相如上大人賦欲以風帝及縹縹有凌雲之志由是言之賦勸而不止明矣又頗似俳優淳于髡優孟之徒非法度所存賢人君子詩賦之正也于是輟不復爲而大潭思渾天則雄之晚年殆誠幾於道歟總之漢賦經賈生相如楊雄三子之極意造作遂乃蔚爲大觀譬若高帝之有三傑又如軍旅之有前旄中權後勁也而鄒枚嚴忌小山之倫則偏裨游擊之師亦

足以拔戟而自成一隊。後之學者。苟能於此。溯流窮源。將見采玉探珠。無難事矣。

辭賦學綱要上册完

及門諸子同校

辭賦學綱要

百尺樓叢書

吳江 陳去病 述

第九章 西漢諸名家合論

漢自文景以還國家清平刑措弗用文章之士如雲蔚起而長沙蹭蹬悲懷屈宋力振風騷當世乃始知有辭賦之學淮南承之招致賓客八公之徒分造辭賦以類相從或稱大山或號小山如詩經之有大雅小雅而梁孝王朝京師從游說之士亦有齊人鄒陽淮陰枚乘吳嚴忌夫子之倫於是天下之於辭賦乃愈益靡然而嚮風矣孝武崛起尤工斯道既命淮南爲楚辭章句復詔令嚴助朱買臣吾邱壽王司馬相如東方朔枚皐終軍等列侍左右西漢賦學遂臻極盛今攷班志所列賦家都六十有六人賦七百七十有一篇又雜賦十二家二百三十三篇除屈原唐勒宋玉荀卿四家外悉屬漢人或以抒下情而通諷諭或以宣上德而盡忠孝雍容揄揚著于後嗣孟堅所謂大漢文章炳焉與三代同風蓋指是也嘻噫寧

不懿歟。顧余觀諸家。自其文辭可攷見。無從擬議外。其能出自心裁。獨樹一幟。以參立乎賈傅長卿之間者。厥惟枚叔。足稱巨擘。蓋長沙小山諸賦。猶恪守楚騷之範圍。未敢有所踰越。而枚叔則優游涵泳於九章天問及物色諸賦之間。而出之以變化。有如七發一篇。跌宕怪麗。直令耳目一新。得非所謂一時豪傑者哉。自是厥後。蹈襲之弊矯。創製之途開。迨司馬長卿出。而辭賦之學。遂窮極變化。不可方物矣。嗚呼。斯非枚叔之功歟。茲特錄其篇如下。

楚太子有疾。而吳客往問之。曰、伏聞太子玉體不安。亦少間乎。太子曰。憊。謹謝客。客因稱曰、今時天下安寧。四宇和平。太子方富於年。意者久耽安樂。日夜無極。邪氣襲逆。中若結轖。紛屯澹淡。噓唏煩醒。惕惕怵怵。臥不得瞑。虛中重聽。惡聞人聲。精神越渫。百病咸生。聰明眩曜。悅怒不平。久執不廢。大命乃傾。太子豈有是乎。太子曰、謹謝客。賴君之力。時時有之。然未至於是也。客曰、今夫貴人之子。必宮居而閨處。內有保母。外有傅父。欲交無所。飲食則溫淳甘膬。脭醲肥厚。衣裳則雜遝曼熯燂爍熱暑。雖有金石之堅。猶將銷鑠而梃解也。況其在筋骨之間乎哉。故曰縱耳目之欲。恣肢體之安者。傷血脈之和。且夫出輿入輦。命曰蹷痿之機。洞房淸風。命曰寒熱之媒。皓齒蛾眉。命曰伐性之斧。甘脆肥醲。命曰腐腸之藥。今太子膚色靡曼。四支委隨。筋骨挺解。血脈淫濯。手足惰窳。越女侍前。齊姬奉後。往來游讌。縱恣乎曲房隱間之中。此甘餐毒藥。戲猛獸之爪牙也。所從來者至深遠。淹滯永久而不廢。雖令扁鵲治內。巫咸治外。尚何及哉。今如太子之病者。獨宜世之君子。博見彊識。承間語事。變度易意。常無離側。以爲羽翼。淹沉之樂。浩盪之心。遁佚之志。其奚由至哉。太子曰。諾。病已。請事此言。客曰。今太子之病。可無藥石針刺灸療而已。可以要言妙道說而去也。不欲聞之乎。太子曰。僕願聞之。

客曰。龍門之桐。高百尺而無枝。中鬱結之輪菌。根扶疏以分離。上有千仞之峯。下臨百尺之谿。湍流遡波。又澹淡之。其根半死半生。冬則烈風漂霰飛雪之所激也。夏則雷霆霹靂之所感也。朝則鸝黃鳱鴠鳴焉。暮則羈雌迷鳥宿焉。獨鵠晨號乎其上鵾雞哀鳴乎其下於是背秋涉冬使琴摯斫斬以爲琴野繭之絲以爲絃孤子之鉤以爲隱九寡之珥以爲約使師堂操暢伯牙爲之歌歌曰麥秀蔪兮雉朝飛向虛壑兮背槁槐依絕區兮臨迴溪飛鳥聞之翕翼而不能去野獸聞之垂耳而不能行蚑蟜螻蟻聞之柱喙而不能前此亦天下之至悲也太子能彊起聽之乎太子曰僕病未能也

客曰犓牛之腴菜以筍蒲肥狗之和冒以山膚楚苗之食安胡之飯摶之不解一啜而散於是使伊尹煎熬易牙調和熊蹯之臑勺藥之醬薄耆之炙鮮鯉之鱠秋黃之蘇白露之茹蘭英之酒酌以滌口山梁之餐豢豹之胎小飯大歠如湯沃雪此亦天下之至美也太子能彊起嘗之乎太子曰僕病未能也

客曰鍾岱之牡齒至之車前似飛鳥後類距虛穱麥服處躁中煩外羈堅轡附易路於是伯樂相其前後王良造父爲之御秦缺樓季爲之右此兩人者馬佚能止之車覆能起之於是使射千鎰之重爭千里之逐此亦天下之至駿也太子能强

起而乘之乎太子曰僕病未能也
客曰既登景夷之臺南望荆山北望汝海左江右湖其樂無有於是使博辯之士
原本山川極命草木比物屬事離辭連類浮游覽觀迺下置酒於虞懷之宮連廊
四注臺城層構紛紜玄綠輦道邪交隍池紆曲溷章白鷺孔雀鵾鵠鵷鶵鵁鶄翠
鬣紫纓螭龍德牧邕邕羣鳴陽魚騰躍奮翼振鱗漃漻薵蓼蔓草芳苓女桑河柳
素葉紫莖苗松豫章條上造天梧桐并閭極望成林衆芳芬鬱亂於五風從容猗
靡消息陰陽列坐縱酒蕩樂娛心景春佐酒杜連理音滋味雜陳肴糅錯該練色
娛目流聲悅耳於是迺發激楚之結風揚鄭衛之皓樂使西施徵舒陽文段干吳
娃閭娵傅予之徒雜裾垂髾目挑心與揄流波雜杜若蒙清塵被蘭澤嬿服而御
此亦天下之靡麗皓侈廣博之樂也太子能强起游乎太子曰僕病未能也
客曰將爲太子馴騏驥之馬駕飛軨之輿乘牡駿之乘右夏服之勁箭左烏號之
雕弓游涉乎雲林周馳乎蘭澤弭節乎江潯掩青蘋遡清風陶陽氣蕩春心逐狡

獸。集輕禽。於是極犬馬之才。困野獸之足。窮相御之智巧。恐虎豹。慴鷙鳥。逐馬鳴鑣。魚跨麋角。履游麕兔。蹈踐麖鹿。汗流沫墜。寃伏陵窘。無創而死者。固足充後乘矣。此校獵之至壯也。太子能强起游乎。太子曰僕病未能也。然陽氣見於眉宇之間。浸淫而上。幾滿大宅。客見太子有悅色也。遂推而進之曰。冥火薄天。兵車雷運。旌旗偃蹇。羽旄肅紛。馳騁角逐。慕味爭先。徼墨廣博。望之有圻。純粹全犧。獻之公門。太子曰。善。願復聞之。客曰。未既。於是榛林深澤。烟雲闇漠。兕虎並行。毅武孔猛。袒裼身薄。白刃磑磑。矛戟交錯。收獲掌功。賞賜金帛。掩蘋肆若。爲牧人席。旨酒嘉肴。羞炰膾炙。以御賓客。涌觴並起。動心驚耳。誠必不悔。決絕以諾。貞信之色。形於金石。高歌陳唱。萬歲無斁。此眞太子之所喜也。能强起而游乎。太子曰僕甚願甚直恐爲諸大夫累耳。然而有起色矣。

客曰。將以八月之望。與諸侯遠方交遊兄弟。並往觀濤乎廣陵之曲江。至則未見濤之形也。徒觀水力之所到。則卹然足以駭矣。觀其所駕軼者。所擢拔者。所揚汨者。所温汾者。所滌汔者。雖有心略、辭給。固未能縷形其所由然也。怳兮忽兮。聊兮慄兮。混汩汩兮。忽兮怳兮。俶兮儻兮。浩瀇瀁兮。起曠曠兮。秉意乎南山。通望乎東海、虹洞兮蒼天、極慮乎崖涘。流攬無窮。歸神日母。汩乘流而下降兮。或不知其所止。或紛紜其流折兮。忽繆往而不來。臨朱汜而遠逝兮。中虛煩而益怠。莫離散而發曙兮。內存心而自持。於是澡概胸中。灑練五藏。澹澉手足。頮濯髮齒。揄棄恬怠。輸寫淟濁。分決狐疑。發皇耳目。當是之時。雖有淹病滯疾。猶將伸傴起躄。發瞽披聾而觀望之也。況直眇小煩懣。酲醲病酒之徒哉。故曰發蒙解惑。不足以言也。太子曰、善。然則濤何氣哉。客曰、不記也。然聞於師曰。似神而非者三。疾雷聞百里。江水逆流。海水上潮。山出內雲。日夜不止。衍溢漂疾。波涌而濤起。其始起也。洪淋淋焉。若白鷺之下翔。其少進也。浩浩溰溰。如素車白馬帷蓋之張。其波涌而雲亂。擾擾焉。如三軍之騰裝。其旁作而奔起也。飄飄焉。如輕車之勒兵。六駕蛟龍。附從太白。純馳浩蜺。前後絡驛。顒顒卬卬。椐椐彊彊。莘莘將將。壁壘重堅。沓雜似軍行。訇隱匈磕軋盤涌裔原不可當觀其兩旁則滂渤怫鬱闇漠感突上擊下律有以勇壯之卒突怒而無畏蹈壁衝津窮曲隨隈踰岸出追遇者死當者壞初發乎或圍之津涯荄軫谷分迴翔青篾銜枚檀柏弭節伍子之山通厲胥母之場凌赤岸篲扶桑橫奔似雷行誠奮厥武如振如怒沌沌渾渾壯如奔馬混混庉庉聲如雷鼓發怒庢沓清升踰跇侯波奮振合戰於藉藉之口鳥不及飛魚不及迴獸不及走紛紛翼翼波涌雲亂蕩取南山背擊北岸覆虧丘陵平夷西畔險險戲戲崩壞陂池決勝迺罷瀄汩潺湲披揚流灑橫暴之極魚鼈失勢顛倒偃側沋沋湲湲蒲伏連延神物怪疑不可勝言直使人踣焉洄闇悽愴焉此天下怪異詭觀也太子能彊起觀之乎太子曰僕病未能也

客曰將爲太子奏方術之士有資略者若莊周魏牟楊朱墨翟便蜎詹何之倫使之論天下之精微理萬物之是非孔老覽觀孟子持籌而算之萬不失一此亦天下要言妙道也太子豈欲聞之乎於是太子據几而起曰渙乎若一聽聖人辯士

之言。涊然汗出。霍然病已。

董漢策云。此七體之祖。亦楚騷之變調也。改其悲怨。進以歡愉。後來諸賢作賦。原本於此。其高出六朝。妙在神骨。理勝故神王。氣清故骨强。陳思擬之。究不能及也。

余按漢志載乘賦九篇。今攷古文苑有梁王菟園賦一篇。西京雜記及初學記有柳賦一篇。俱可觀覽。又文選王粲七哀詩注引枚乘集有臨霸池遠訣賦。惜今未之見。而菟園賦或者以爲子皋所爲。王世貞藝苑巵言更謂結尾婦人先歌後無和者。亦似不完之篇。故不具錄。錄忘憂館柳賦幷序。

梁孝王游於忘憂之館。集諸游士各使爲賦。枚乘柳賦。路喬如鶴賦。公孫詭文鹿賦。鄒陽酒賦。公孫乘月賦。羊勝屏風賦。韓安國作几賦不成。鄒陽代作。鄒陽安國罰酒三升。賜枚乘路喬如絹五疋。

忘憂之館。垂條之木。枝逶遲而含紫。葉萋萋而吐綠。出入風雲。去來羽族。既上下而好音。亦黃衣而絳足。蜩螗厲響。蜘蛛吐絲。階草漠漠。白日遲遲。於嗟細柳。流亂輕絲。君王淵穆其度。御羣英而玩之。小臣瞢瞶。與此陳詞。於嗟樂兮。於是罇盈縹玉之酒。爵獻金漿之醪。庶羞千族。盈滿六庖。弱絲清管。與風霜而共雕。鎗鍠啾喞。蕭條寂寥。雋乂英旄。列襟聯袍。小臣莫效于鴻毛。空銜鮮而嗽醪。雖復河清海竭。終無增景于邊撩。

陸棻評其篇云。一百六十二言。言柳僅數語。其旨本于忘憂。而忘憂莫如飲酒也。後此王粲孔臧遜此清艷。繁欽應瑒。惟存斷簡而已。然張皋文以爲西京雜記係吳均僞作。所載漢人諸賦。慮出撫擬。則是賦亦難遽定其眞僞也。次爲鄒陽。漢志一無著錄。而西京雜記則載其酒賦。今不贅錄。錄莊忌夫子哀時命。以見僞騷之一斑。其辭曰。

哀時命之不及古人兮。夫何予生之不遘時。往者不可扳援兮。徠者不可與期。志憾恨而不逞兮。抒中情而屬詩。夜炯炯而不寐兮。懷隱憂而歷茲。心鬱鬱而無告兮。衆孰可與深謀。欿愁悴而委情兮。老冉冉而逮之。居處愁以隱約兮。志沈抑而不揚道壅塞而不通兮江河廣而無梁願至崑崙之懸圃兮采鍾山之玉英擥瑤木之櫄枝兮望閬風之板桐弱水汨其爲難兮路中斷而不通勢不能淩波以徑度兮又無羽翼而高翔然隱憫而不達兮獨徙倚而彷徉悵惝罔以永思兮心紆軫而增傷倚躊躇以淹留兮日飢餓而絕粮廓抱景而獨倚兮超永思乎故鄉廓落寂而無友兮誰可與玩此遺芳白日晼晚其將入兮哀余壽之弗將車既弊而馬罷兮蹇邅徊而不能行身既不容於濁世兮不知進退之宜當冠崔嵬而切雲兮劍淋離而從橫衣攝葉以儲與兮左袪挂於榑桑右衽拂於不周兮六合不足以肆行上同鑿枘於伏戲兮下合榘矱於虞唐願尊節而式高兮志猶卑夫禹湯雖知困其不改操兮終不以邪枉害方世並舉而好朋兮壹斗斛而相量衆比周以肩迫兮賢者遠而隱藏爲鳳皇作鶉籠兮雖翕翅其不容靈皇其不寤知兮焉陳詞而效忠俗嫉妒而蔽賢兮孰知余之從容願舒志而抽馮兮庸詎知其吉凶璋珪雜於甑窐兮隴廉與孟娵同宮舉世以爲恆俗兮固將愁苦而終窮幽獨轉

而不寐兮惟煩懣而盈匈魂眇眇而馳騁兮心煩寃之忡忡志欲憾而不擔兮路幽昧而甚難塊獨守此曲隅兮然欲切而永歎愁修夜而宛轉兮氣涫灒其若波握剞劂而不用兮操規矩而無所施騁騏驥於中庭兮焉能極夫遠道置猨狖於櫺檻兮夫何以責其捷巧駟跛鼈而上山兮吾固知其不能陞釋管晏而任臧獲兮何權衡之能稱箟簬雜於廢蒸兮機蓬矢以射革負擔荷以丈尺兮欲伸要而不可得外迫脅於機臂兮上牽聯於矰隿肩傾側而不容兮固陿腹而不得息務光自投於深淵兮不獲世之塵垢孰魁摧之可久兮願退身而窮處鑿山楹而爲室兮下被衣於水渚霧露濛濛其晨降兮雲依斐而承宇虹霓紛其朝霞兮夕淫淫而淋雨怊茫茫而無歸兮悵遠望此曠野下垂釣於谿谷兮上要求於仙者與赤松而結友兮比王僑而爲耦使梟楊先導兮白虎爲之前後浮雲霧而入冥兮騎白鹿而容與魂眐眐以寄獨兮汨徂往而不歸處卓卓而日遠兮志浩蕩而傷懷鸞鳳翔於蒼雲兮故矰繳而不能加蛟龍潛於旋淵兮身不挂於罔羅知貪餌

而近死兮不如下游乎清波寧幽隱以遠禍兮孰侵辱之可爲子胥死而成義兮屈原沈於汨羅雖體解其不變兮豈忠信之可化志怦怦而內直兮履繩墨而不頗執權衡而無私兮稱輕重而不差概塵垢之枉攘兮除穢累而反眞形體白而質素兮中皎潔而淑淸時厭飫而不用兮且隱伏而遠身聊竄端而匿迹兮嘆寂默而無聲獨便悁而煩毒兮焉發憤而抒情時曖曖其將罷兮遂悶歎而無名伯夷死於首陽兮卒天隱而不榮太公不遇文王兮身至死而不得逞懷瑤象而佩瓊兮願陳列而無正生天隆之若過兮忽爛漫而無成邪氣襲余之形體兮疾憯怛而萌生願壹見陽春之白日兮恐不終乎永年

按漢志列莊夫子賦二十四篇今未之見見者僅上一篇而已然漢志又列常侍郎莊忽奇賦十一篇嚴助賦三十五篇顏師古云忽奇者或言莊夫子子或言族家子莊助昆弟也從行至茂陵詔造賦助則莊忌子也避漢明帝諱乃稱爲嚴或稱爲莊云爾但厥賦今俱弗傳爲可惜耳又朱買臣見上盛道楚辭漢志並載其

賦三篇今亦未見乃知漢賦之闕佚不可攷者蓋至鉅矣悲夫總之莊氏父子開吳中文學之先與淮陰枚叔相峙大江南北實無可軒輊乘之有皋猶忌之有忽奇與助也不亦偉哉外此東方朔劉向威宗楚騷淮南王安孔臧董仲舒司馬遷等則詞氣樸茂類似荀卿而孝武以帝皇之尊與諸詞臣角逐于文藝之林如秋風辭悼李夫人賦等篇亦復聲光華茂藻采紛綸求之後世惟子桓曹氏差可倫比蕭梁陳隋之主殆無有能望其項背者已至宣帝修武故事講論六藝羣書博盡奇異之好徵能爲楚辭九江被公召見誦讀而王褒與張子僑等並待詔數從褒等放獵所幸宮館輒爲歌頌第其高下以差賜帛議者多以爲淫靡不急上曰不有博弈者乎爲之猶賢乎已由是褒乃益騁其材以通諷諭若聖主得賢臣頌其尤著也然厥體愈變大類於俳麗而不沈穠而不茂漸開東都駢偶之風去古益遠故特錄之以見文字升降之原焉其辭曰

夫荷旃被毳者難與道純綿之麗密羹藜唅糗者不足與論太牢之滋味（引喻自謙溫麗）

而不俗 今臣僻在西蜀。生于窮巷之中。長于蓬茨之下。無有游觀廣覽之知。顧有至愚極陋之累。不足以塞厚望。應明旨。雖然。敢不略陳愚心。而抒情素。記曰。恭惟春秋法五始之要。在乎審己正統而已。（頌聖極莊雅。所謂五始者。元者氣之始。春者四時之始。王者受命之始。正月者政令之始。公即位者立國之始也。）夫賢者。國家之器用也。所任賢。則趨舍省而功施普。器用利。則用力少而就效衆。（倒句是作法。以下皆以客形主矣。）故工人之用鈍器也。勞筋苦骨。終日矻矻。及至巧冶鑄干將之樸。清水淬其鋒。越砥斂其鍔。水斷蛟龍。陸剸犀革。忽若篲氾塵塗。如此則雖離婁督繩。公輸削墨。雖崇臺五層。延袤百丈。而不溷者。工用相得也。庸人之御駑馬。亦傷吻弊策。而不進于行。胸喘膚汗。人極馬倦。及至駕齧膝。驂乘旦。王良執靶。韓哀附輿。縱馳騁騖。忽如影靡。過都越國。蹶如歷塊。追奔電。逐遺風。周流八極。萬里一息。何其遼哉。人馬相得也。（以上用喻承前文也。添出人馬一喻。法力變。陪寫更有彩色。上用人馬相得比對。又極整雅。故妙。）故服絺綌之涼者。不苦盛暑之鬱燠。襲狐貉之煖者。不憂至寒之悽愴。何則。有其具者易其備。賢人君子。亦聖王之所以易海內也。是以嘔喻受之。開寬裕之路以延天下之英俊也（點出正意神閒氣足）夫竭智附賢者必建仁策索遠求士者必樹伯跡（四句另起點正）昔周公躬吐握之勞故有圄空之隆齊設庭燎之禮故有匡合之功由此觀之君人者勤于求賢而逸于得人（句意廣大遂成千古名言）人臣亦然昔賢者之未遭遇也圖事揆策則君不用其謀陳見悃誠則上下不然其信進士不得施效斥逐又非其愆是故伊尹勤于鼎俎太公困于鼓刀百里自鬻甯戚飯牛離此患也及其遇明君遭聖主也運籌合上意諫諍則見聽進退得閱其忠任職得行其術去卑辱奧渫而升本朝離蔬釋蹻而享膏粱剖符襲壤而光祖考傳之子孫以資說士故世必有聖智之君而後有賢明之臣（交互一折如發特妙）故虎嘯而風冽龍興而致雲蟋蟀俟秋唫蜉蝣出以陰易曰飛龍在天利見大人詩曰思皇多士生此王國故世平主聖俊乂將自至若堯舜禹湯文武之君獲稷契臯陶伊尹呂望之臣明明在朝穆穆布列聚精會神相得益章雖伯牙操遞鐘逢門子彎烏號猶未足以喻其意也故聖主必待賢臣而弘功業俊士亦俟明主以顯其德上下俱欲翕然交

欣千載一會論說無疑翼乎如鴻毛遇順風沛乎若巨魚縱大壑其得意如此則胡禁不止曷令不行化溢四表橫被無窮遐夷貢獻萬祥畢臻是以聖主不偏窺望而視已明不殫傾耳而聽已聰恩從祥風翔德與和氣游太息之責塞優游之望得遵游自然之勢恬淡無爲之場休徵自至壽考無疆雍容垂拱永永萬年何必偃仰屈信若彭祖呴嘘呼吸如喬松眇然絕俗離世哉（掉句[illegible]遺）詩曰濟濟多士文王以寧蓋信乎其以寧也

按褒亦蜀人而其辭乃不逮長卿遠甚漢志載其賦十六篇今攷本傳除此頌外有甘泉及洞簫頌楚辭有九懷文選注有碧雞頌他無所見矣惟其文尠稱故規仿之者亦罕其後且得子雲之崛起恢張益甚而枚馬之傳因以弗墜則子雲洵中流之砥柱焉矣

第十章　東漢上　班張

東漢以還能承相如子雲之傳俾其流風餘韻緜緜延延弗之失墜者厥惟班固

與張衡二人固承祖父之業受秘書之賜篤志力學著述炳然又感前世相如壽王東方之徒爲文乃作兩都賦效子虛上林而益以恢張雖微傷繁衍然義正事實兼擅揚馬之長昭明文選取冠集首洵有所見而然也且前篇極其眩曜主于諷刺所謂抒下情而通風諭乃賦中之賦後篇折以法度主于揄揚所謂宣上德而盡忠孝乃賦中之雅其篇末五詩則又賦中之頌韓昌黎云詩正而葩揚子雲曰詩人之賦麗以則若兩都賦體兼雅頌非具有正則之遺風歟寧獨葩麗而已哉平子兩京實仿班氏然字琢句鍊烹鮮炙腴涵全神于開局殫餘力於通篇純是子雲一派格調其篇首議論處丰骨蒼然寄濃腴于古峭尤爲獨絕以視孟堅殆堪伯仲正未可過爲軒輊也特微露輕靡漸開魏晉之風東京賦氣亦不足以舉其辭由是可知揚馬諸公雄麗樸茂之觀至此蓋稍衰而欲轉矣今具錄兩都賦如下

或曰賦者古詩之流也昔成康沒而頌聲寢王澤竭而詩不作大漢初定日不暇

給至于武宣之世乃崇禮官考文章內設金馬石渠之署外興樂府協律之事以興廢繼絕潤色鴻業是以衆庶說豫福應尤盛白麟赤雁芝房寶鼎之歌薦于郊廟神雀五鳳甘露黃龍之瑞以爲年紀故言語侍從之臣若司馬相如虞丘壽王東方朔枚皐王褒劉向之屬朝夕論思日月獻納而公卿大臣御史大夫倪寬太常孔臧大中大夫董仲舒宗正劉德太子太傅蕭望之等時時間作或以抒下情而通諷諭或以宣上德而盡忠孝雍容揄揚著于後嗣抑亦雅頌之亞也故孝成之世論而錄之蓋奏御者千有餘篇而後大漢之文章炳焉與三代同風且夫道有夷隆學有粗密因時而建德者不以遠近易則故皐陶歌虞奚斯頌魯同見采於孔氏列于詩書其義一也稽之上古則如彼攷之漢室又如此斯事雖細然先臣之舊式國家之遺美不可闕也臣竊見海內清平朝廷無事京師修宮室浚城隍而起苑囿以備制度西土耆老咸懷怨思冀上之睠顧而盛稱長安舊制有陋洛邑之議故臣作兩都賦以極衆人之所眩曜折以今之法度

西都賦

有西都賓問于東都主人曰。蓋聞皇漢之初經營也。嘗有意乎都河洛矣。輟而弗康。實用西遷。作我上都。主人聞其故而睹其制乎。主人曰。未也。願賓攄懷舊之蓄念。發思古之幽情。博我以皇道。弘我以漢京。賓曰。唯唯。漢之西都。在於雍州。實曰長安。左據函谷二崤之阻。表以太華終南之山。右界褒斜隴首之險。帶以洪河涇渭之川。衆流之隈。汧湧其西。華實之毛。則九州之上腴焉。防禦之阻。則天地之隩區焉。是故橫被六合。三成帝畿。周以龍興。秦以虎視。及至大漢受命而都之也。仰悟東井之精。俯協河圖之靈。奉春建策。留侯演成。天人合應。以發皇明。乃眷西顧。實惟作京。於是睎秦嶺。睋北阜。挾灃灞。據龍首。圖皇基於億載。度弘規而大起。肇自高而終平。世增飾以崇麗。歷十二之延祚。故窮泰而極侈。建金城之萬雉。呀周池而成淵。披三條之廣路。立十二之通門。內則街衢洞達。閭閻且千。九市開場。貨利隧分。人不得顧。車不得旋。闐城溢郭。旁流百廛。紅塵四合。煙雲相連。於是既庶且富娛樂無疆都人士女殊異乎五方游士擬于公侯列肆侈于姬姜鄉曲豪舉游俠之雄節慕原嘗名亞春陵連交合衆騁騖乎其中若乃觀其四郊浮游近縣則南望杜霸北眺五陵名都對郭邑居相承英俊之域紱冕所興冠蓋如雲七相五公與乎州郡之豪傑五都之貨殖三選七遷充奉陵邑蓋以强幹弱枝隆上都而觀萬國封畿之內厥土千里卓犖諸夏兼其所有其陽則崇山隱天幽林穹谷陸海珍藏藍田美玉商洛緣其隈鄠杜濱其足源泉灌注陂池交屬竹林果園芳草甘木郊野之富號爲近蜀其陰則冠以九嵕陪以甘泉乃有靈宮起乎其中秦漢之所極觀淵雲之所頌歎於是乎存焉下有鄭白之沃衣食之源提封五萬疆埸綺紛溝塍刻鏤原隰龍鱗決渠降雨荷插成雲五穀垂穎桑麻鋪棻東郊則有通溝大漕潰渭洞河汎舟山東控引淮湖與海通波西郊則有上囿禁苑林麓藪澤陂池連乎蜀漢繚以周牆四百餘里離宮別館三十六所神池靈沼往往而在其中乃有九眞之麟大宛之馬黃支之犀條枝之鳥踰崑崙越巨海殊方異類至

于三萬里其宮室也體象乎天地經緯乎陰陽據神靈之在位放太紫之圓方樹中天之華闕豐冠山之朱堂因瓌材而究奇抗應龍之虹梁列棼橑以布翼荷棟桴而高驤雕玉瑱以居楹裁金壁以飾璫登五色之渥彩光爓朗以景彰於是左墄右平重軒三階閨房周通門闥洞開列鍾虡于中庭立金人于瑞闈仍增崖而衡閾臨峻路而啓扇徇以離宮別寢承以崇臺閒館煥若列星紫宮是環清涼宣溫神仙長年金華玉堂白虎麒麟區宇若茲不可殫論增盤崔嵬登降炤爛殊形詭制每各異觀乘茵步輦惟所息宴後宮則有掖庭椒房后妃之室合歡增城安處常寧茝若椒風披香發越蘭林蕙草鴛鴦飛翔之列昭陽特盛隆於孝成屋不呈材牆不露形裛以藻繡絡以綸連隋侯明月錯落其間金釭銜璧是為列錢翡翠火齊流耀含英懸黎垂棘夜光在焉於是玄墀釦砌玉階彤庭碝磩綵緻琳珉青熒珊瑚碧樹周阿而生紅羅颯纚綺組繽紛精曜華燭俯仰如神後宮之號十有四位窈窕繁華更盛迭貴處乎斯列者蓋以百數左右庭中朝堂百寮之位蕭

曹魏邴謀謨乎其上佐命則垂統輔翼則應化流大漢之愷悌蕩亡秦之毒螫故令斯人揚樂和之聲作畫一之歌功德著乎祖宗膏澤洽乎黎庶又有天祿石渠典籍之府命夫惇誨故老名儒師傅講論乎六藝稽合乎同異又有承明金馬著作之庭大雅宏達於茲爲羣元元本本殫見洽聞啓發篇章校理祕文周以鈎陳之位衛以嚴更之署總禮官之甲科羣百郡之廉孝虎賁贅衣閹尹閽寺陛戟百重各有典司周廬千列徼道綺錯輦路經營修除飛閣自未央而連桂宮北彌明光而亘長樂陵隥道而超西墉混建章而連外屬設璧門之鳳闕上觚稜而棲金爵內則別風之嶕嶢眇麗巧而聳擢張千門而立萬戶順陰陽以開闔一爾乃正殿崔嵬層搆厥高臨乎未央經駘盪而出馺娑洞枍詣以與天梁上反宇以蓋戴激日景而納光神明鬱其特起遂偃蹇而上躋軼雲雨於太半虹霓迴帶於棼楣雖輕迅與僄狡猶愕眙而不能階攀井幹而未半目眩轉而意迷捨櫺檻而却倚若顛墜而復稽魂怳怳以失度巡迴塗而下低既懲懼於登望降周流以彷徨步

甬道以縈紆又杳篠而不見陽排飛闥而上出若游目於天表似無依而洋洋前唐中而後太液覽滄海之湯湯揚波濤於碣石激神岳之嶈嶈濫瀛洲與方壺蓬萊起乎中央於是靈草冬榮神木叢生巖峻崷崒金石崢嶸抗仙掌以承露擢雙立之金莖軼埃壒之混濁鮮顥氣之清英騁文成之丕誕馳五利之所刑庶松喬之羣類時游從乎斯庭實列仙之攸館非吾人之所寧爾乃盛娛游之壯觀奮太武乎上囿因茲以威戎夸狄耀威靈而講武事命荊州使起鳥沼梁野而驅獸毛羣內闐飛羽上覆接翼側足集禁林而屯聚水衡虞人修其營表種別羣分部曲有署罘網連紘籠山絡野列卒周匝星羅雲布於是乘鑾輿備法駕帥羣臣披飛廉入苑門遂繞酆鄗歷上蘭六師發逐百獸駭殫震震爚爚雷奔電激草木塗地山淵反覆蹂躪其十二三乃拗怒而少息爾乃期門佽飛列刃攢鏃要趹追踪鳥驚觸絲獸駭值鋒機不虛掎弦不再控矢不單殺中必疊雙颮颮紛紛矰繳相纏風毛雨血灑野蔽天平原赤勇士厲猨狖失木豺狼懾竄爾乃移師趨險並蹈潛

穢窮虎奔突狂兕觸蹶許少施巧秦成力折掎僄狡扼猛噬脫角挫脰徒搏獨殺挾師豹拖熊螭曳犀犛頓象羆超洞壑越峻崖蹶嶄巖巨石隤松柏仆叢林摧草木無餘禽獸殄夷於是天子登屬玉之館歷長楊之榭覽山川之體勢觀三軍之殺獲原野蕭條目極四裔禽相鎮壓獸相枕藉然後收禽會衆論功賜胙陳輕騎以行炰騰酒車以斟酌割鮮野食舉烽命釂饗賜畢勞佚齊大輅鳴鑾容與徘徊集乎豫章之宇臨乎昆明之池左牽牛而右織女似雲漢之無涯茂樹陰蔚芳草被隄蘭茝發色曄曄猗猗若摛錦與布繡爥燿乎其陂鳥則玄鶴白鷺黃鵠鵁鶄鶬鴰鴇鶂鳧鷖鴻雁朝發河海夕宿江漢沈浮往來雲集霧散於是後宮乘輚輅登龍舟張鳳蓋建華旗袪黼帷鏡清流靡微風澹淡浮櫂女謳鼓吹震聲激越謍厲天鳥羣翔魚窺淵招白鷴下雙鵠投文竿出比目撫鴻罿御繒繳方舟並騖俛仰極樂遂乃風舉雲搖浮游溥覽前乘秦嶺後越尤嵕東薄河華西涉岐雍宮館所歷百有餘區行止朝夕儲不改供禮下上而接山川究休佑之所用采游童之

歌謠第從臣之嘉頌於斯之時都都相望邑邑相屬國藉十世之基家承百年之業士食舊德之名氏農服先疇之畎畝商循族世之所鬻工用高曾之規矩粲乎隱隱各得其所若臣者徒觀迹於舊墟聞之乎故老十分未得其一端故不能徧舉也

東都賦

東都主人喟然而歎曰痛哉風俗之移人也子實秦人矜夸館室保界河山信識昭襄而知始皇矣烏睹大漢之云為乎夫大漢之開元也奮布衣以登皇位由數朞而創萬代蓋六藉所不能談前聖靡得而言焉當此之時攻有橫而當天討有逆而順民故婁敬度勢而獻其說蕭公權宜而拓其制時豈泰而安之哉計不得以己也吾子曾不是睹顧曜後嗣之末造不亦闇乎今將語子以建武之治永平之事監於太清以變子之惑志往者王莽作逆漢祚中闕天人致誅六合相滅於時之亂生民幾亡鬼神泯絕壑無完柩郛罔遺室原野厭人之肉川谷流人之血

秦項之災猶不克半書契以來未之或紀故下人號而上訴上帝懷而降監乃致命乎聖皇於是聖皇乃握乾符闡坤珍披皇圖稽帝文赫然發憤應若興雲霆擊昆陽憑怒雷震遂超大河跨北岳立號高邑建都河洛紹百王之荒屯因造化之盪滌體元立制繼天而作系唐統接漢緒茂育羣生恢復疆宇勳兼乎在昔事勤乎三五豈特方軌並跡紛綸后辟治近古之所務蹈一聖之險易云爾哉且夫建武之元天地革命四海之內更造夫婦肇有父子君臣初建人倫實始斯乃伏羲氏之所以基皇德也分州土立市朝作舟輿造器械斯乃軒轅氏之所以開帝功也恭行天罰應天順人斯乃湯武之所以昭王業也遷都改邑有殷宗中興之德焉即土之中有周成隆平之制焉不階尺土一人之柄同符乎高祖克己復禮以奉終始允恭乎孝文憲章稽古封岱勒成儀炳乎世宗按六經而校德眇古昔而論功仁聖之事既該而帝王之道備矣至於永平之際重熙而累洽盛三雍之上儀修袞龍之法服鋪鴻藻信景鑠揚世廟正雅樂神人之和允洽羣臣之序既肅

乃動大輅遵王衢省方巡狩窮覽萬國之有無考聲敎之所被散皇明以燭幽然後增周舊修洛邑扇巍巍顯翼翼光漢京於諸夏說八方而爲之極是以皇城之內宮室光明闕廷神麗奢不可踰儉不能侈外則因原野以作苑順流泉而爲沼發蘋藻以潛魚豐圃草以毓獸制同乎梁鄒誼合乎靈囿若乃順時節而蒐狩簡車徒以講武則必臨之以王制考之以風雅歷騶虞覽駟鐵嘉車攻采吉日禮官整儀乘輿乃出於是發鯨魚鏗華鐘登玉輅乘時龍鳳蓋棽麗和鑾玲瓏天官景從寢威盛容山靈護野屬御方神雨師泛灑風伯清塵千乘雷起萬騎紛紜元戎竟野戈鋋彗雲羽旄掃霓旌旗拂天焱焱炎炎揚光飛文吐焰生風欱野歕山日月爲之奪明丘陵爲之搖震遂集乎中囿陳師案屯駢部曲列校隊勒三軍誓將帥然後舉鋒伐鼓中令三驅輶車霆激驍騎電騖由基發射范氏施御弦不睼禽轡不詭遇飛者不及翔走者不及去指顧倏忽獲車已實樂不及盤殺不盡物馬踠餘足士怒未渫先驅復路屬車按節於是薦三犧效五牲禮神祇懷百靈覲明

堂臨辟雍揚緝熙宣皇風登靈臺考休徵俯仰乎乾坤參象乎聖躬目中夏而布德瞰四裔而抗稜西盪河源東澹海漘北動幽崖南趯朱垠殊方別區界絕而不鄰自孝武之所不征孝宣之所未臣莫不陸讋水慄奔走而來賓遂綏哀牢開永昌春王三朝會同漢京是日也天子受四海之圖籍膺萬邦之貢珍內撫諸夏外綏百蠻爾乃盛禮興樂供帳置乎雲龍之庭陳百寮而贊元后究皇儀而展帝容於是庭實千品旨酒萬鍾列金罍班玉觴嘉珍御太牢饗爾乃食舉雍徹太師奏樂陳金石布絲竹鐘鼓鏗鎗管絃曄煜抗五聲極六律歌九功舞八佾韶武備泰古畢四夷間奏德廣所極僸佅兜離罔不具集萬樂備百禮暨皇歡浹羣臣醉降烟熅調元氣然後撞鐘告罷百寮遂退於是聖上睹萬方之歡娛又沐浴於膏澤懼其侈心之將萌而怠於東作也乃申舊章下明詔命有司班憲度昭節儉示太素去後宮之麗飾損乘輿之服御抑工商之淫業興農桑之盛務遂令海內棄末而反本背僞而歸眞女修職紝男務耕耘器用陶匏服尙素玄耻纖美而不服賤

奇麗而不珍捐金於山沈珠於淵於是百姓滌瑕盪穢而鏡至清形神寂寞耳目不營嗜慾之源滅廉恥之心生莫不優游而自得玉潤而金聲是以四海之內學校如林庠序盈門獻酬交錯俎豆莘莘下舞上歌蹈德詠仁登降飫宴之禮既畢因相與嗟嘆玄德讜言弘說咸含和而吐氣頌曰盛哉乎斯世今論者但知誦虞夏之書詠殷周之詩講羲文之易論孔氏之春秋罕能精古今之淸濁究漢德之所由唯子頗識舊典又徒馳騁乎末流温故知新已難而知德者鮮矣且夫僻界西戎險阻四塞修其防禦孰與處乎土中平夷洞達萬方輻湊秦嶺九嵕涇渭之川曷若四瀆五嶽帶河泝洛圖書之淵建章甘泉館御列仙孰與靈臺明堂統和天人太液昆明鳥獸之囿曷若辟雍海流道德之富游俠踰侈犯義侵禮孰與同履法度翼翼濟濟子徒習秦阿房之造天而不知京洛之有制識函谷之可關而不知王者之無外主人之辭未終西都賓矍然失容逡巡降階惵然意下捧手欲辭主人曰復位今將授子五篇之詩賓既卒業乃稱曰美哉乎斯詩義正乎揚雄

事實乎相如。匪唯主人之好學。蓋乃遭遇乎斯時。小子狂簡。不知所裁。既聞正道。請終身而誦之。其詩曰、

於昭明堂。明堂孔揚。聖皇宗祀。穆穆煌煌。上帝宴饗。五位時序。誰其配之。世祖光武。普天率土。各以其職。猗歟緝熙。允懷多福。（明堂詩）

乃流辟雍。辟雍湯湯。聖皇莅止。造舟爲梁。皤皤國老。乃父乃兄。抑抑威儀。孝友光明。於赫太上。示我漢行。洪化惟神。永觀厥成。（辟雍詩）

乃經靈臺。靈臺既崇。帝勤時登。爰考休徵。三光宣精。五行布序。習習祥風。祁祁甘雨。百穀蓁蓁。庶草蕃廡。屢惟豐年。於皇樂胥。（靈臺詩）

嶽修貢兮川效珍。吐金景兮歊浮雲。寶鼎見兮色紛縕。煥其炳兮被龍文。登祖廟兮享聖祖。昭靈德兮彌億年。（寶鼎詩）

啓靈篇兮披瑞圖。獲白雉兮效素烏。嘉祥阜兮集皇都。發皓羽兮奮翘英。容潔朗兮於純精。彰皇德兮侔周成。永延長兮膺天慶。（白雉詩）

祝堯氏云先正後葩此詩之所以爲詩先麗後則此賦之所以爲賦自漢以來賦者多知其當麗而罕知其當則苟有善賦當先以情而見乎詞有正與則之情爲骨復以詞而達於理有葩而麗之詞爲肉庶幾葩麗而不淫正則而可尙發乎情止乎禮義而詞人之賦更無足言矣此賦體兼雅頌蓋猶有正與則之遺風焉

陸棻云前篇以藻腴勝而極烹鍊之工後篇以簡實勝而盡折旋之法筆力勁姿態豐雖脫胎揚馬固已出其範圍矣又云侈秦雍之形勝側重于田美河洛之英靈歸崇臨學抒辭命意不得不然而强弱之感於是乎寓何焯云兩都一開一合以賓主二字見意賦之用意處全在序末二句見作賦之由勸戒之體也又云此賦大意在勸節儉戒淫侈後篇懼侈心之將萌是其主句宣上德卽所以通諷諭也胡韞玉云東京之文蘭臺體最緜密兩都典麗堂皇平子太冲擬之皆有遜色西都極衆人之所眩曜東都折以今之法度賓主開合極有抑揚所以西都不見鋪排之跡東都不知議論之多核其大體一脫胎相如上林一脫胎子雲長楊縱

橫排奡不見摹擬之痕是眞能善於學古者也又云西京渾厚東京流麗此指大體言之也如以賦論蘭臺之賦渾厚不減西京兩都尙已幽通亦離騷之遺平子思玄雖亦上擬遠游視幽通已無其樸茂惟幽通多詰屈之詞亦是一蔽然陸棐乃云名曰幽通實惟顯悟其刻意鍛鍊如歐冶之劍寒光灼然則是賦固能以詞達理者也至若典引之儗封禪賓戲之橅解嘲此實孟堅之累徒屬優孟衣冠而已今不具論平子兩京精思傅會十年乃成胡韞玉謂非搆思之艱實集材不易洵確論也蓋古無類書搜集非易凡夫山川城郭宮室都市典章制度文物衣冠之屬欲求詳盡必資攷校倘非置筆札於戶牖將何由致其繁富耶至集材既竟則布局措辭自不難於集事平子然太冲亦何獨不然哉茲以文宂不備錄錄南都歸田二賦以見其概其南都賦云

於顯樂都既麗且康陪京之南居漢之陽割周楚之豐壤跨荆豫而爲疆體爽塏以閒敞紛郁郁其難詳爾其地勢則武闕關其西桐柏揭其東流滄浪而爲隍廓

方城而爲墉。湯谷涌其後。淯水盪其胸。推淮引湍。三方是通。其寶、利、珍怪。則金彩玉璞。隨珠夜光。銅錫鉛鍇。赭堊流黃。綠碧紫英。青䨼丹粟。太一餘糧。中黃穀玉。松子神陂。赤靈解角。耕父揚光于清泠之淵。游女弄珠于漢皐之曲。其山則崆峴嶱嵑。嵣㟍嶚刺。岝崿嶵嵬。嶔巇屹㠑。幽谷嶜岑。夏含霜雪。或嵒嶙而纚聯。或豁爾而中絕。鞠巍巍其隱天。俯而觀乎雲霓。若夫天封大狐。列仙之陬。上平衍而曠蕩。下蒙籠而崎嶇。坂坻巀嶭而成巘。谿壑錯繆而盤行。芝房菌蠢生其隈。玉膏滵溢流其隅。崑崙無以奓。閬風不能踰。其木則檉松楔㯳。槾柏杻橿。楓柙櫨櫪。帝女之桑。楈枒栟櫚。柍柘檍檀。結根竦本。垂條嬋媛。布綠葉之萋萋。敷花蕊之蓑蓑。玄雲合而重陰。谷風起而增哀。攢立叢駢。青冥盰瞑。杳藹蓊鬱於谷底。森蓴蓴而刺天。虎豹黃熊遊其下。穀玃猱挺戲其巔。鸞鸑鵷雛翔其上。騰猿飛蠝棲其間。其竹則籦籠篁篾。篠簳箛箠。緣延坻阪。澶漫陸離。阿那蓊茸。風靡雲披。爾其川瀆。則滍澧藻濜。發源巖穴。潛㶟洞出。沒滑瀎潏。布濩漫汗。漭沆洋溢。總括趨欲。箭馳風疾。流湍投纖。砏汃輣軋。長輸遠逝。漻淚淢汩。其水蟲。則有蠳龜鳴蛇。潛龍伏螭。鱏鱣鰅鱐。黿鼉鮫鱐。巨蜯函珠。駮瑕委蛇。於其陂澤。則有鉗盧玉池。赭陽東陂。貯水渟洿。亙望無涯。其草則有藨苧薠莞。蔣蒲蒹葭。藻茆菱芡。芙蓉含華。從風發榮。斐披芬葩。其鳥則有鴛鴦鵠鷖。鴻鴇駕鵞。⿰契鳥鶂鷉鶙。鸕⿰契鳥鵾鸕。嚶嚶和鳴。澹淡隨波。其水則開竇灑流。浸彼稻田。溝澮脈連。隄塍相輑。朝雲不興。而潢潦獨臻。決渫則暵。爲溉爲陸。冬稌夏穱。隨時代熟。其原野則有桑漆麻苧。菽麥稷黍。百穀蕃廡。翼翼與與。若其園圃。則有蓼蕺蘘荷。諸蔗薑蹯。菥蓂芋瓜。乃有櫻梅山柿。侯桃梨栗。梬棗若留。穰橙鄧橘。其香草則有薜荔蕙若。薇蕪蓀萇。晻曖蓊蔚。含芬吐芳。若其廚膳。則有華薌重秬。滍皋香杭。歸雁鳴鵽。黃稻鱻魚。以爲芍藥。酸甜滋味。百種千名。春茆夏筍。秋韭冬菁。蘇蔱紫薑。拂徹羶腥。酒則九醞甘醴。十旬兼清。醪敷徑寸。浮蟻若蓱。其甘不爽。醉而不醒。及其糾宗綏族。禴祠蒸嘗。以速遠朋。嘉賓是將。揖讓而升。宴於蘭堂。珍羞琅玕。充溢圓方。琢琱狎獵。金銀琳琅。侍者蠱媚。巾韝鮮明。被服雜

錯履躡華英儇才齊敏受爵傳觴獻酬既交率禮無違彈琴擫籥流風徘徊清角
發徵聽者增哀客賦醉言歸主稱露未晞（去病案賦用五言開六朝門徑）接歡宴于日夜終愷樂
之令儀于是暮春之禊元巳之辰方軌齊軫祓於陽瀕朱帷連網曜野映雲男女
姣服駱驛繽紛致飾程蠱僄紹便娟微眺流睇蛾眉連卷於是齊僮唱兮列趙女
坐南歌兮起鄭舞白鶴飛兮繭曳緒修袖繚繞而滿庭羅襪躡蹀而容與翩綿綿
其若絕眩將墜而復舉翹遙遷延蹴躃蹁躚結九秋之增傷怨西荆之折盤彈箏
吹笙更爲新聲寡婦悲吟鵾雞哀鳴坐者悽欷蕩魂傷精於是羣士放逐馳乎沙
陽騄驥齊鑣黃間機張足逸驚飈鏃析毫芒俯貫魴鱮仰落雙鶬魚不及竄鳥不
暇翔爾乃撫輕舟兮浮清池亂北渚兮揭南涯汰瀺灂兮舩容裔陽侯澆兮掩鳧
鷖追水豹兮鞭蝄蜽憚夔龍兮怖蛟螭於是日將逮昏樂者未荒收驩命駕分背
迴塘車雷震而風厲馬鹿超而龍驤夕暮言歸其樂難忘此乃遊觀之好耳目之
娛未覩其美者焉足稱舉夫南陽者眞所謂漢之舊都者也遠世則劉后甘厥龍

醢視魯縣而來遷奉先帝而追孝立唐祀於堯山固露根于夏葉終三代而始蕃非純德之宏圖孰能揆而處旃近則考侯思故匪居匪寧穢長沙之無樂歷江湘而北征曜朱光於白水會九世而飛榮察茲邦之神偉啓天心而寤靈於其宮室則有園廬舊宅隆崇崔嵬御房穆以華麗連閣煥其相徽聖皇之所逍遙靈祇之所保綏章陵鬱以青葱淸廟肅以微微皇祖歆而降福彌萬祀而無衰帝王減其擅美詠南音以顧懷且其君子宏懿明叡允恭溫良容止可則出言有章進退屈伸與時抑揚方今天地之睢刺帝亂其政豺虎肆虐眞人革命之秋也爾其則有謀臣武將皆能攫戾執猛破堅摧剛排揵陷扃蹴蹈咸陽高祖階其塗光武攬其英是以關門反距漢德久長及其去危乘安視人用遷周召之儔據鼎足焉以庀王職縉紳之倫經綸訓典敷納以言是以朝無闕政風烈昭宣也于是乎鯢齒眉壽鮐背之叟皤皤然被黃髮者喟然相與歌曰望翠華兮葳蕤建太常兮裶裶飛龍兮騤騤振和鸞兮京師總萬乘兮徘徊按平路兮來歸豈不思天子南巡之辭

者哉遂作頌曰皇祖止焉光武起焉據彼河洛統四海焉本支百世位天子焉永世克孝懷桑梓焉眞人南巡覩舊里焉

按南都爲光武舊里而桓帝議欲廢之故作此賦何氏焯云全是表章其地見設都之有由前半寫地後半寫人極有作法太沖三都賦大段祖此張惠言亦云其文全仿子雲蜀都余謂平子作賦善於結局如思玄通篇既仿楚騷而末又系以七言古詩彌見工麗此篇則既歌而頌亦莊亦雅俱爲前人所未有洵乎其心思之靈妙也歸田賦云

游都邑以永久無明略以佐時徒臨川以羨魚俟河清乎未期感蔡子之慷慨從唐生以決疑諒天道之微昧追漁父以同嬉超埃塵以遐逝與世事乎長辭於是仲春令月時和氣清原隰鬱茂百草滋榮王雎鼓翼鶬鶊哀鳴交頸頡頏關關嚶嚶於焉逍遙聊以娛情爾乃龍吟方澤虎嘯山邱仰飛纖繳俯釣長流觸矢而斃貪餌吞鉤落雲間之逸禽懸淵沈之魦鰡於是曜靈俄景係以望舒極盤遊之至

樂。雖日夕而忘劬。感老氏之遺誡。將廻駕乎蓬廬。彈五弦之妙指。詠周孔之圖書。揮翰墨以奮藻。陳三皇之軌模。苟縱心於物外。安知榮辱之所如。

案衡生順帝朝。擅天算之術。當陽嘉間。頗造風候地動儀渾天儀諸器及靈憲二年。以議郎復出爲河間相。值宦閹用事。天下漸弊。於是乃作四愁詩與歸田賦以見已意。則其情自較思玄爲切摯矣。李元春云。歸田只以弋釣琴書爲事。而琴書爲主。起結照應嚴密。雖短篇意亦自足。胡韞玉云。短賦之格。難於長篇。尺幅之中。展布山水。非目空江海。胸羅華岱。縱勉強成幅。雖非土阜斷潢。而氣寒局促。必無千里之勢。惠連賦雪。希逸賦月。同一格調。極其清新。然而轉折太明。邱壑易盡。雖氣象清廉。是爲山林之客。邊幅謹飭。而非廊廟之觀。平子歸田。寥寥二百字。而有無盡之藏。眇滄海於一粟。小泰岱於秋毫。而滄海之洋溢。泰岱之崢嶸。未嘗稍減。論者謂其辭藻清麗。短而彌工。吾則謂其氣宇寬洪。小而彌大也。不明此意。而爲短篇小品。縱有佳搆。究不足與於作者之林也。信哉。

又按孟堅之學。本諸叔皮。叔皮少更喪亂。獨能擇木而棲。其識殊卓。且作北征賦以見意。時年僅二十耳。固已自鑄偉辭。兼通經術。豈非卓然大丈夫哉。又能訓其子女。各自樹立。不特孟堅雄長騷壇。卽曹大姑亦詞林之秀出也。觀其所撰東征賦。辭華朗潤。志趣篤誠。何義門謂其儒者之言。不愧母師女士。洵確論焉。然前乎大姑者。已有婕妤。其人自傷悼一篇。辭極淒婉可誦。豈直秋風團扇之歌。爲世所歎美而已耶。茲並錄於下。亦見班氏之多才也。

班婕妤自傷悼賦

承祖考之遺德兮。何性命之淑靈。登薄軀於宮闕兮。充下陳於後庭。蒙聖皇之渥惠兮。當日月之盛明。揚光烈之翕赫兮。奉隆寵於增成。既過幸於非位兮。竊庶幾乎嘉時。每寤寐而絫息兮。申佩離以自思。陳女圖以鏡監兮。顧女史而問詩。悲晨婦之作戒兮。哀褒閻之爲郵。美皇英之女虞兮。榮任姒之母周。雖愚陋其靡及兮。敢舍心而忘茲。歷年歲而悼懼兮。閔蕃華之不滋。痛陽祿與柘館兮。仍繈褓而離災。豈妾人之殃咎兮。將天命之不可求。白日忽已移光兮。遂晻莫而昧幽。猶被覆載之厚德兮。不廢捐於罪郵。奉共養於東宮兮。託長信之末流。共灑掃於帷幄兮。永終死以爲期。願歸骨於山足兮。依松柏之餘休。重曰。潛玄宮兮幽以清。應門閉兮禁闥扃。華殿塵兮玉階落。中庭萋兮綠草生。廣室陰兮帷幄暗。房櫳虛兮風泠泠。感帷裳兮發紅羅。紛綷縩兮紈素聲。神眇眇兮密靚處。君不御兮誰爲榮。俯視兮丹墀。思君兮履綦。仰視兮雲屋。雙涕兮橫流。顧左右兮和顏。酌羽觴兮銷憂。惟人生兮一世。忽一過兮若浮。已獨享兮高明。處生民兮極休。勉虞精兮極樂。與福祿兮無期。綠衣兮白華。自古兮有之。

班昭東征賦

惟永初之有七兮。余隨子乎東征。時孟春之吉日兮。撰良辰而將行。乃舉趾而升輿兮。夕予宿乎偃師。遂去故而就新兮。志愴悢而懷悲。明發曙而不寐兮。心遲遲而有違。酌罇酒以弛念兮。喟抑情而自非。諒不登樔而椓蠡兮。得不陳力而相追。

且從衆而就列兮。聽天命之所歸。遵通衢之大道兮。求捷徑欲從誰。乃遂往而徂逝兮。聊游目而遨魂。歷七邑而觀覽兮。遭鞏縣之多艱。望河洛之交流兮。看成皋之旋門。既免脫於峻嶮兮。歷滎陽而過卷。食原武之息足。宿陽武之桑間。涉封丘而踐路兮。慕京師而竊歎。小人性之懷土兮。自書傳而有焉。遂進道而少前兮。得平丘之北邊。入匡郭而追遠兮。念夫子之厄勤。彼衰亂之無道兮。乃困畏乎聖人。悵容與而久駐兮。忘日夕而將昏。到長垣之境界。察農野之居民。睹蒲城之丘墟兮。生荊棘之榛榛。惕覺寤而顧問兮。想子路之威神。衞人嘉其勇義兮。訖于今而稱云。蘧氏在城之東南兮。民亦尙其丘墳。唯令德爲不朽兮。身既沒而名存。惟經典之所美兮。貴道德與仁賢。吳札稱多君子兮。其言信而有徵。後衰微而遭患兮。遂陵遲而不興。知性命之在天。由力行而近仁。勉仰高而蹈景兮。盡忠恕而與人。好正直而不囘兮。精誠通於明神。庶靈祇之鑒照兮。祐貞良而輔信。亂曰。君子之思。必成文兮。盍各言志。慕古人兮。先君行止。則有作兮。雖其不敏。敢不法兮。貴賤

貧富不可求兮正身履道以俟時兮修短之運愚智同兮靖恭委命唯吉凶兮敬愼無怠思嗛約兮淸靜少欲師公綽兮

第十一章　東漢中　王逸父子　附馮衍　蔡邕　馬融　禰衡

自王褒倡排偶之體以變屈宋枚馬之製而駢儷之風始開然一阨於揚雄再阨於班張厥傳實未覩其盛惟馮敬通獨祖而述之所作顯志賦雖體仿楚騷而詞尙排比竭力以嘘子淵之燼由是孟堅幾爲之搖惑而不免崔駰蔡邕之倫則更從而大張其焰烏虖文學盛衰升降之原君子於此有深懼焉寧獨辭賦之日卽於輕靡而已哉然當此風潮澒洞之時其猶有能古調獨彈高談屈宋以步武枚馬之後塵者厥惟王叔師父子與馬季長諸子殿之者則禰正平一人而已試次第述之

初漢武帝命淮南王撰楚辭章句旦而受詔食時奏之其書後亡及順帝時侍中王逸獨撰集宋玉以來迄於劉向並附所作九思一篇叙而注之典贍淸麗博雅

多文郎今所傳楚辭章句十七卷是也子延壽字文考以魯靈光殿賦著稱張華博物志云魯作歸光殿初成逸語其子曰汝寫狀歸吾欲爲賦文考遂以韵寫簡其父曰此郎好賦吾固不及矣漢書本傳亦云蔡邕亦造此賦未成及見延壽所爲甚奇之遂輟翰其賦云

魯靈光殿者蓋景帝程姬之子恭王餘之所立也初恭王始都下國好治宮室遂因魯僖基兆而營焉遭漢中微盜賊奔突自西京未央建章之殿皆見隳壞而靈光巋然獨存意者豈非神明依憑支持以保漢室者也然其規矩制度上應星宿亦所以永安也予客自南鄙觀藝於魯覩斯而眙曰嗟乎詩人之興感物而作故奚斯頌僖歌其路寢而功績存乎辭德音昭乎聲物以賦顯事以頌宣匪賦匪頌將何述焉遂作賦曰

粤若稽古帝漢祖宗濬哲欽明殷五代之純熙紹伊唐之炎精荷天衢以元亨廓宇宙而作京敷皇極以創業揚神道而太寧於是百姓昭明九族敦序乃命孝孫

俾侯于魯。錫介圭以作瑞。宅附庸而開宇。乃立靈光之祕殿。配紫微而爲輔。承明堂于少陽。昭列顯于奎之分野。瞻彼靈光之爲狀也。則嵯峨嶵嵬。峞巍𡾊㟥。吁可畏乎。其駭人也。迢嶢倜儻。豐麗博敞。洞轇轕乎其無垠也。邈希世而特出。羌瓌譎而鴻紛。屹山峙以紆鬱。隆崛岉乎青雲。鬱坱圠以嶒峵。崱繒綾而龍鱗。汩磑磑以璀璨。赫燡燡而燭坤。狀若積石之鏘鏘。又似乎帝室之威神。崇墉岡連以嶺屬。朱闕巖巖而雙立。高門擬于閶闔。方二軌而並入。於是乎乃歷夫太階以造其堂。俯仰顧眄。東西周章。彤彩之飾。徒何爲乎。澔澔涆涆。流離爛漫。皓壁暠曜以月照。丹柱歙赩而電烻。霞駮雲蔚。若陰若陽。瀖濩燐亂。煒煒煌煌。隱陰夏以中處。霐寥窲以崢嶸。鴻爌炾以爣閬。飋蕭條而清泠。動滴瀝以成響。殷雷應其若驚。耳嘈嘈以失聽。目矎矎而喪精。駢密石與琅玕。齊玉璫與璧英。遂排金扉而北入。宵藹藹而晻曖。旋室㛹娟以窈窕。洞房叫窱而幽邃。西廂踟蹰以閑宴。東序重深而奧祕。屹鏗瞑以勿罔。屑㕞翳以懿濞。魂悚悚其驚斯。心猥猥而發悸。於是詳察其棟宇。觀其結構規矩應天上憲觜陬倔佹雲起嶔崟離摟三間四表八維九隅萬楹叢倚磊砢相扶浮柱岧嵽以星懸漂嶢峴而枝柱飛梁偃蹇以虹指揭蘧蘧而騰湊層櫨磥佹以岌峨曲枅要紹而環句芝栭攢羅以戢孴枝牚杈枒而斜據傍天蟜以橫出互黝糾而搏負下岪蔚以璀錯上崎嶬而重注捷獵鱗集支離分赴縱橫駱驛各有所趣爾乃懸棟結阿天窗綺疎圓淵方井反植荷蕖發秀吐榮菡萏披敷綠房紫的窋咤垂珠雲楶藻梲龍桷彫鏤飛禽走獸因木生姿奔虎攫挐以梁倚仡奮舋而軒鬐虬龍騰驤以蜿蟺頷若動而躨跜朱鳥舒翼以峙衡騰蛇蟉蚪而遶榱白虎孑蜺於欂櫨蟠螭宛轉而承楣狡兔跧伏於柎側猨狖攀椽而相追玄熊舑舕以齗齗却負載而蹲跠齊首目以瞪眄徒脈脈而狋狋胡人遙集於上楹儼雅跽而相對仡欺猥以鵰䀗顤顟而睽睢狀若悲愁於危處憯嚬蹙而含悴神仙岳岳於棟間玉女闚窗而下視忽瞟眇以響像若鬼神之髣髴圖畫天地品類羣生雜物奇怪山神海靈寫載其狀託之丹青千變萬化事各繆形隨色象類

曲得其情。上紀開闢。遂古之初。五龍比翼。人皇九頭。伏羲鱗身。女媧蛇軀。鴻荒樸略。厥狀睢盱。煥炳可觀。黃帝唐虞。軒冕以庸。衣裳有殊。下及三后。淫妃亂主。忠臣孝子。烈士貞女。賢愚成敗。靡不載敘。惡以誡世。善以示後。於是乎連閣承宮。馳道周環。陽榭外望。高樓飛觀。長塗升降。軒檻曼延。漸臺臨池。層曲九成。屹然特立。的爾殊形。高徑華蓋。仰看天庭。飛陛揭孽。緣雲上征。中坐垂景。頫視流星。千門相似。萬戶如一。巖穴洞出。逶迤詰屈。周行數里。仰不見日。何宏麗之靡靡。咨用力之妙勤。非夫通神之俊才。誰能剋成乎此勳。據坤靈之寶勢。承蒼昊之純殷。包陰陽之變化。含元氣之烟熅。玄醴騰涌於陰溝。甘露被宇而下臻。朱桂黝儵於南北。蘭芝阿那於東西。祥風翕習以颯洒。激芳香而常芬。神靈扶其棟宇。歷千載而彌堅。永安寧以祉福。長與大漢而久存。實至尊之所御。保延壽而宜子孫。苟可貴其若斯。孰亦有云而不珍。亂曰。形形靈宮。巋崷穹崇。紛厖鴻兮。崱屴嵫釐。岑崟崫嶷。駢巃嵸兮。連拳偃蹇。崙菌踡蹸。傍欹傾兮。歇欻幽靄。雲覆霮䨴。洞杳冥兮。葱翠紫蔚。礧

碨瓌瑋舍光晷兮窮奇極妙棟宇已來未之有兮神之營之瑞我漢室永不朽兮

按邕賦十年不成而延壽作此年僅二十豈非一代之才人哉宜乎後之好事者猶以之教侍婢比於漢宮人之誦洞簫也惜年二十四溺於漢江而死有才無命千古同悲不第子安爲然也陸棻云此賦描模刻畫筆如犀燃而雄厲之氣運乎其腕猶班馬之餘勇也余謂東漢賦家自班張外如桓譚馮衍東平憲王蒼敬王睦劉騊駼崔駰崔瑗杜篤傅毅之儔非不炳炳稱盛然欲求如魯靈光之藻采煥發氣機流動具有西京之遺者實未易得惟馬融長笛賦祖述子淵腴鍊縝密廣成頌典麗喬皇波瀾壯闊足稱一時之傑然張惠言已謂廣成頌既諷講武而極之木產盡寓屬畢上無飛鳥下無走獸亦異乎班張之旨則淫靡固略覩矣況乎貶節苟容中傷士類抑又君子之所痛心也故不具錄蔡邕述行賦以見其志

延熹二年秋霖雨逾月是時梁冀新誅而徐璜左悺五侯擅貴于其處又起顯明苑于城西人徒凍餓不得其命者甚衆白馬令李雲以直言死鴻臚陳君以救雲

抵罪。璜以余能鼓琴。自朝廷敕陳留郡守遣余到偃師。病不前。得歸。心憤此事。遂託所過述而成賦。

余有行於京洛兮。遘淫雨之經時。塗迍邅其蹇連兮。潦汙滯而爲災。馬桀蹯而不進兮。心鬱悒而憤思。聊弘慮以存古兮。宣幽情而屬詞。久余宿于大梁兮。誚無忌之稱神。哀晉鄙之無辜兮。忿朱亥之篡軍。歷中牟之舊城兮。憎佛肸之不臣。問甯越之裔胄兮。藐髣髴而無聞。經圃田而瞰北境兮。晤衛康之封疆。迄管邑而增感歎兮。愠叔氏之啓商。過漢祖之所隘兮。弔紀信於滎陽。降虎牢之曲陰兮。路丘墟以盤縈。勤諸侯之遠戍兮。侈申子之美城。稔濤塗之復惡兮。陷夫人以大名。登長坂以淩高兮。陟葱山之嶢崤。建撫體而立洪高兮。經萬世而不傾。迴峭峻以降阻兮。小阜寥其異形。岡岑紆以連屬兮。谿谷敻其杳冥。實嵯峨以乘邪兮。廓巖壑以崢嶸。攢棫樸而雜榛楛兮。被浣濯而羅布。蘴莢奠與臺菌兮。綠層崖而結莖。行遊目以南望兮。覽太室之威靈。顧大河于北垠兮。瞰洛汭之始并。追劉定之攸儀兮。

美伯禹之所營。悼太康之失位兮。愍五子之歌聲。尋修軌以增舉兮。邈悠悠之未央。山風汩以飈涌兮。氣慄慄而厲涼。雲鬱術而四寨兮。雨濛濛而漸唐。僕夫疲而劬瘁兮。我馬虺頹以玄黃。格莽丘而稅駕兮。陰曀曀而不陽。哀衰周之多故兮。眺瀕隈而增感。忿子帶之淫逸兮。喑襄王於壇坎。悲寵嬖之爲梗兮。心惻愴而懷慄。乘舫舟而泝湍流兮。浮清波以橫厲。想宓妃之靈光兮。神幽隱以潛翳。實熊耳之泉液兮。總伊瀍與澗瀨。通渠源于京城兮。引職貢乎荒裔。操吳榜其萬艘兮。充王府而納最。濟西溪而容與兮。息鞏都而後逝。愍簡公之失師兮。疾子朝之爲害。玄雲黯以凝結兮。集零雨之溱溱。路阻敗而無軌兮。塗濘溺而難遵。率陵阿以登降兮。赴偃師而釋勤。壯田橫之奉首兮。義二士之夾墳。佇淹留以候霽兮。感憂心之殷殷。并日夜而遙思兮。宵不寐以極晨。候風雲之體勢兮。天牢湍而無文。彌信宿而後闋兮。思逶迤以東運。見陽光之顥顥兮。懷少弭而有欣。命僕夫其就駕兮。吾將往乎京邑。皇家赫而天居兮。萬方徂而並集。貴寵扇以彌熾兮。僉守利而不戢。

前車覆而未遠兮後乘驅而競入窮變巧于臺榭兮民露處而寢濕清嘉穀于禽獸兮下糠粃而無粒弘寬裕于便辟兮糾忠諫其駸急懷伊呂而黜逐兮道無因而獲入唐虞眇其既遠兮常俗生於積習周道鞠爲茂草兮哀正路之日淴觀風化之得失兮猶紛掌其多違無亮采以匡世兮亦何爲乎此畿甘衡門以寧神兮詠都人而思歸爰結蹤而廻軌兮復邦族以自綏亂曰跋涉遐路艱以阻兮終其永懷窘陰雨兮歷觀群都尋前緒兮考之舊聞厥事舉兮登高斯賦義有取兮則善戒惡豈云苟兮翩翩獨征無儔與兮言旋言復我心胥兮

陸棻云守正不屈已見一斑惜乎曠世軼才不獲以史表見耳胡韞玉云意決辭婉思深語長不屑不潔之意根於心性見於文辭不可以後日失身疑之洵篤論哉又云文之眞者慷慨而陳至性畢見委婉以訴深情若彰不必以辭藻也譬之萬采雖華不如化工之妙優孟雖似不逮自身之眞述行辭不藻麗情彌蘊深眞故也此後如鸚鵡賦亦頗英英露爽自存氣骨洵乎非叔世所易及也

時黃祖太子射賓客大會有獻鸚鵡者舉酒於衡前曰禰處士今日無用娛賓竊以此鳥自遠而至明惠聰善羽族之可貴願先生爲之賦使四座咸共榮觀不亦可乎衡因爲賦筆不停綴文不加點其辭曰

惟西域之靈鳥兮挺自然之奇姿體金精之妙質兮含火德之明輝性辯惠而能言兮才聰明以識機故其嬉遊高峻棲跱幽深飛不妄集翔必擇林紺趾丹觜綠衣翠衿采采麗容咬咬好音雖同族于羽毛固殊智而異心配鸞皇而等美焉比德于衆禽于是羨芳聲之遠暢偉靈表之可嘉命虞人于隴坻詔伯益于流沙跨崑崙而播弋冠雲霓而張羅雖綱維之備設終一目之所加且其容止閑暇守植安停逼之不懼撫之不驚寧順從以遠害不違忤以喪生故獻全者受賞而傷肌者被刑爾乃歸窮委命離群喪侶閉以彫籠剪其翅羽流飄萬里崎嶇重阻踰岷越障載罹寒暑女辭家而適人臣出身而事主彼賢哲之逢患猶棲遲以羇旅矧禽鳥之微物能馴擾以安處眷西路而長懷望故鄉而延佇忖陋體之腥臊亦何勞于

鼎俎嗟祿命之衰薄奚遭時之險巇豈言語以階亂將不密以致危痛母子之永隔哀伉儷之生離匪餘年之足惜愍衆雛之無知背蠻夷之下國侍君子之光儀懼名實之不副恥才能之無奇羨西都之沃壤識苦樂之異宜懷代越之悠思故每言而稱斯若乃少昊司晨蓐收整轡嚴霜初降涼風蕭瑟長吟遠慕哀鳴感類音聲悽以激揚容貌慘以顦顇聞之者悲傷見之者隕淚放臣爲之屢歎棄妻爲之歔欷感平生之遊處兮若壎篪之相須何今日之兩絕若胡越之異區順櫳檻以俯仰闚戶牖以踟躕想崑山之高嶽思鄧林之扶疏顧六翮之殘毀雖奮迅其焉如心懷歸而弗果徒怨毒于一隅可竭心于所事敢背惠而忘初託輕鄙之微命委陋賤之薄軀期守死以報德甘盡辭以效愚特隆恩於既往庶彌久而不渝

陸棻云音調淒涼不似操撾傲岸誠然也至如敬通爲文踔厲橫出固亦一世之雄其顯志賦陸棻謂其英厲之氣勃若雲興介石之心兀如山峙一日內自省而不慙遂定志而不改再曰處清靜以養志實吾心之所樂又曰惟吾志之所庶固

與俗其不同蓋貧而不衰賤而不恨之志千載猶想見之其視答戲解嘲殆有正襟脫幘之殊致也今亦坿於後蓋東漢之文雖排而不必盡偶雖駢而不必盡儷其氣格縱遜西京而以較魏晉究有別也賦云（據後漢書并論）

自論曰馮子以爲大人之德不碌碌如玉落落如石風興雲蒸一龍一蛇與道翺翔與時變化夫豈守一節哉用之則行舍之則藏進退無主屈伸無常故曰有法無法因時爲業有度無度與物趣舍常務道德之實而不求當世之名闊略杪小之禮蕩佚人間之事正身直行恬然肆志顧嘗好俶儻之策時莫能聽用其謀喟然長歎自傷不遭久棲遲于小官不得舒其所懷抑心折節意悽情悲夫伐冰之家不利雞豚之息委積之臣不操市井之利況歷位食祿二十餘年而財產益狹居處益貧惟夫君子之仕行其道也慮時務者不能興其德爲身求者不能成其功去而歸家復羈旅于州郡身愈據職家彌窮困卒離飢寒之災有喪元子之禍先將軍葬渭陵哀帝之崩也營之以爲園於是以新豐之東鴻門之上壽安之中

地勢高敞。四通廣大。南望鄗山。北屬涇渭。東瞰河華。龍門之陽。三晉之路。西顧酆鄗。周秦之邱。宮觀之墟。通視千里。覽見舊都。遂定塋焉。退而幽居。蓋忠臣過故墟而歔欷。孝子入舊室而哀歎。每念祖考。著盛德于前。垂鴻烈于後。遭時之禍。墳墓蕪穢。春秋蒸嘗。昭穆無列。年衰歲暮。悼無成功。將西田牧肥饒之野。殖生產。修孝道。營宗廟。廣祭祀。然後闔門講習道德。觀覽乎孔老之論。庶幾乎松喬之福。上隴阪。陟高岡。游精宇宙。流目八紘。歷觀九州山川之體。追覽上古得失之風。愍道陵遲。傷德分崩。夫覩其終。必原其始。故存其人而詠其道。彊理九野。經營五山。眇然有思陵雲之意。乃作賦自厲。命其篇曰顯志。顯志者。言光明風化之情。昭章元妙之思也。其辭曰。

開歲發春兮。百卉含英。甲子之朝兮。汩吾西征。發軔新豐兮。徘徊鎬京。陵飛廉而太息兮。登平陽而懷傷。悲時俗之險阨兮。哀好惡之無常。棄衡石而意量兮。隨風波而飛揚。紛綸流于權利兮。親雷同而妒異。獨耿介而慕古兮。豈時人之所憙。沮先聖之成論兮。邈名賢之高風。忽道德之珍麗兮。務富貴之樂耽。遵大路而裵回兮。孔履德之窈冥。固衆夫之所眩兮。孰能觀于無形。行勁直以離尤兮。羌前人之所有。內自省而不慚兮。遂定志而弗改。欣吾黨之唐虞兮。愍吾生之愁勤。聊發憤而揚情兮。將以蕩夫憂心。往者不可攀援兮。來者不可與期。病沒世之不稱兮。願橫逝而無由。陟雍畤而消遙兮。超略陽而不反。念人生之不再兮。悲六親之日遠。陟九嵕而臨嶻嶭兮。聽涇渭之波聲。顧鴻門而歔欷兮。哀吾孤之早零。何天命之不純兮。信吾罪之所生。傷誠善之無辜兮。齎此恨而入冥。嗟我思之不遠兮。豈敢事之可悔。雖九死而不眠兮。恐餘殃之有再。淚（本作波誤）汍瀾而雨集兮。氣滂浡而雲披。心怫鬱而紆結兮。意沈抑而內悲。瞰太行之嵯峨兮。觀壺口之崢嶸。悼邱墓之蕪穢兮。恨昭穆之不榮。歲忽忽而日邁兮。壽冉冉其不與。恥功業之無成兮。赴原野而窮處。昔伊尹之干湯兮。七十說而乃信。皐陶釣於雷澤兮。賴虞舜而後親。無二士之遭遇兮。抱忠貞而莫達。率妻子而耕耘兮。委厥美而不伐。韓盧抑而不縱兮。騏驥絆而不試。獨慷慨而遠覽兮。非庸庸之所識。卑衛賜之阜貨兮。高顏回之所慕。垂祖考之洪烈兮。故收功于此路。循四時之代謝兮。分五土之刑德。相林麓之所產兮。嘗水泉之所殖。修神農之本業兮。採軒轅之奇策。追周棄之遺教兮。軼范蠡之絕迹。陟隴山以踰望兮。眇然覽於八荒。風淚飄其並興兮。情惆悵而增傷。覽河華之泱漭兮。望秦晉之故國。憤馮亭之不遂兮。慍去疾之遭惑。流山岳而周覽兮。徇碣石與洞庭。浮江河而入海兮。泝淮濟而上征。瞻燕齊之舊居兮。歷宋楚之名都。哀羣后之不祀兮。痛列國之爲墟。馳中夏而升降兮。路紆軫而多艱。講聖哲之通論兮。心惛憶而紛紜。惟天路之同軌兮。或帝王之異政。堯舜煥其蕩蕩兮。禹承平而革命。并日夜而幽思兮。終悇憛而洞疑。高陽邈其超遠兮。世孰可與論茲。訊夏啓於甘澤兮。傷帝典之始傾。頌成康之載德兮。詠南風之歌聲。思唐虞之晏晏兮。揖稷契與爲朋。苗裔紛其條暢兮。至湯武而勃興。昔三后之純粹兮。每季世而窮禍。弔夏桀於南巢兮。哭殷紂於牧野。詔伊尹於亳郊兮。享呂望於酆洲。功與日月齊光兮。名與三王爭流。楊朱號乎衢路兮。墨子泣乎白絲。知漸染之易性兮。怨造作之弗思。美關雎之識微兮。愍王道之將崩。拔周唐之盛德兮。捃桓文之譎功。忿戰國之遘禍兮。憎權臣之擅彊。黜楚子于南郢兮。執趙武於溴梁。善忠信之救時兮。惡詐謀之妄作。聘申叔於陳蔡兮。禽荀息于虞虢。誅犂鉏之介聖兮。討臧倉之愬知。娛子反於彭城兮。爵管仲於夷儀。疾兵革之寖滋兮。苦攻伐之萌生。沈孫武於五湖兮。斬白起于長平。惡褻巧之亂世兮。毒縱橫之敗俗。流蘇秦于洹水兮。幽張儀于鬼谷。澄德化之陵遲兮。烈刑罰之峭峻。燔商鞅之法術兮。燒韓非之說論。誚始皇之跋扈兮。投李斯於四裔。滅先王之法則兮。禍寖淫而弘大。援前聖以制中兮。矯二主之驕奢。饁女齊于絳臺兮。饗椒舉于章華。摛道德之光耀兮。匡衰世之眇風。褒宋襄于泓谷兮。表季札于延陵。摭仁智之英華兮。激亂國之末流。觀鄭僑于溱洧兮。訪晏嬰于營丘。日曀曀其將暮兮。獨于邑而煩惑。夫何九州之博大兮。迷不知路之南北。駟素虯而馳騁兮。乘翠雲而相佯。就伯夷而折中兮。

得務光而愈明。欵子高於中野兮。遇伯成而定慮。欽眞人之德美兮。淹躊躇而弗去。意斟愖而不澹兮。俟回風而容與。求善卷之所存兮。遇許由於負黍。軔吾車于箕陽兮。秣吾馬于潁滸。聞至言而曉領兮。還吾反乎故宇。覽天地之幽奧兮。統萬物之維綱。究陰陽之變化兮。昭五德之精光。躍青龍于滄海兮。豢白虎於金山。鑿巖石而爲室兮。託高陽以養仙。神雀翔于鴻崖兮。玄武潛于嬰冥。伏朱樓而四望兮。採三秀之華英。纂前修之夸節兮。曜往昔之光勳。披綺季之麗服兮。揚屈原之靈芬。高吾冠之岌岌兮。長吾佩之洋洋。飲六醴之清液兮。食五芝之茂英。揵六枳而爲籬兮。築蕙若而爲室。播蘭芷於中廷兮。列杜衡於外術。攢射干雜蘼蕪兮。搆木蘭與辛夷。光扈扈而煬燿兮。紛郁郁而暢美。華芳曄其發越兮。時恍惚而莫貴。非惜身之埳軻兮。憐衆美之憔悴。游精神于大宅兮。抗玄妙之常操。處清靜以養志兮。實吾心之所樂。山峨峨而造天兮。林冥冥而暢茂。鸞回翔索其羣兮。鹿哀鳴而求其友。誦古今以散思兮。覽聖賢以自鎮。嘉孔丘之知命兮。大老聃之貴玄德與道其孰寶兮。名與身其孰親。陂山谷而閒處兮。守寂寞而存神。夫莊周之釣魚兮。辭卿相之顯位。於陵子之灌園兮。似至人之髣髴。蓋隱約而得道兮。羌窮悟而入術。離塵垢之窈冥兮。配喬松之妙節。惟吾志之所庶兮。固與俗其不同。既俶儻而高引兮。願觀其從容。

胡韞玉云。顯志擬騷。頗有怨而不怒之旨。惟不能鎔經取意。自鑄偉辭。哀而不豔。悲而不雅。枚賈得其麗。馬楊得其奇。敬通更下矣。至自論一篇。整齊縟密。而無凝滯之弊。此固東京之佳文也。

第十二章　東漢下　建安七子

建安之季。國運傾頽。風雅道喪。能文之士。類皆逃亡竄伏。苟全性命之不暇。其賢且才者。或則參佐帷幄。以運籌策畫飛書馳檄爲事。故辭賦之學。寖焉衰歇。獨七子之徒。託跡權豪。締交貴介。因以追陪清讌。討論篇章。授簡分題。含豪有得。而應和之作。斐亹然可觀矣。顧自此漸趨平易。以排比聲律爲工。而不能有以自樹。烏

乎此所以結兩漢恢弘之局而開魏晉六朝之風氣歟

曹子桓典論論文云今之文人魯國孔融文舉廣陵陳琳孔璋山陽王粲仲宣北海徐幹偉長陳留阮瑀元瑜汝南應瑒德璉東平劉楨公幹斯七子者於學無所遺於辭無所假咸以自騁驥騄於千里仰齊足而並馳又云王粲長於辭賦徐幹時有齊氣然粲之匹也如粲之初征登樓槐賦征思幹之玄猿漏巵員扇橘賦雖張蔡不過也然於他文未能稱是琳瑀之章表書記今之雋也應瑒和而不壯劉楨壯而不密孔融體氣高妙有過人者然不能持論理不勝詞至於雜以及其所善揚班儔也又與吳質書云仲宣獨自善於辭賦惜其體弱不足起其文至於所善古人無以遠過昔伯牙絕絃於鍾期仲尼覆醢於子路痛知音之難遇傷門人之莫逮諸子但爲未及古人自一時之雋也今之存者已不逮矣後生可畏來者難誣然恐吾與足下不見及也由是觀之則王粲之於辭賦誠足獨冠當時矣然今所傳者咸推登樓爲最著特錄其辭於下

登茲樓以四望兮。聊暇日以銷憂。覽斯宇之所處兮。實顯敞而寡仇。挾清漳之通浦兮。倚曲沮之長洲。背墳衍之廣陸兮。臨皐隰之沃流。北彌陶牧。西接昭邱。華實蔽野。黍稷盈疇。雖信美而非吾土兮。曾何足以少留。遭紛濁而遷逝兮。漫踰紀以迄今。情眷眷而懷歸兮。孰憂思之可任。憑軒檻以遙望兮。向北風而開襟。平原遠而極目兮。蔽荊山之高岑。路逶迤而修迥兮。川既漾而濟深。悲舊鄉之壅隔兮。涕橫墜而弗禁。昔尼父之在陳兮。有歸與之歎音。鍾儀幽而楚奏兮。莊舄顯而越吟。人情同於懷土兮。豈窮達而異心。惟日月之逾邁兮。俟河清其未極。冀王道之一平兮。假高衢而騁力。懼匏瓜之徒懸兮。畏井渫之莫食。步棲遲以徙倚兮。白日忽其將匿。風蕭瑟而並興兮。天慘慘而無色。獸狂顧以求羣兮。鳥相鳴而舉翼。原野闃其無人兮。征夫行而未息。心悽愴以感發兮。意忉怛而憯惻。循堦除而下降兮。氣交憤於胸臆。夜參半而不寐兮。悵盤桓以反側。徐幹諸賦從略。

第十三章　魏晉

七子既歿其足以繼起無愧而爲一代之雄長者惟曹氏兄弟而已子桓賦不見錄于昭明子建亦僅及洛神去取可謂嚴矣然子桓彈棊言簡而該柳賦亦紆徐有致特詞雖清綺而器局未弘談藝錄所謂貧近美婦豈不然哉子建洛神自是當行出色並世罕與其比李善注引記謂植求甄逸女不得因作感甄賦云云此蓋當時媒孽之詞如郭頒魏晉世語劉延明三國略記之類小說短書善殆無識而妄引之耳故陸氏葇云洛神懷君之詞也繡虎以才招忌法制彌峻而篤于忠愛請試通親優文虛報終不見信一則曰無良媒以接懽托微波而通詞再則曰雖潛處于太陰長寄心於君王深得美人芳草之旨而與出婚感婚同意彼云泣枕感甄何啻魔人囈語何氏焯云魏志甄后三歲失父後袁紹納爲仲子熙妻曹操平冀州丕納之於鄴安有子建嘗求爲妻之事小說家不過因賦中愿誠素之先達二句而附會之耳案離騷云我令豐降乘雲兮求宓妃之所在植既不得於君因濟洛川以作此賦託詞宓妃以寄文帝其亦屈子之志也自好事者造爲感

甄無稽之說蕭統遂類分入於情賦于是植幾爲名敎所棄何悲也夫又云魏志不以延康元年十月二十九日禪代十一月遽改元黃初陳思實以四年朝而賦云三年者不欲亟奪漢亡年猶之發喪悲哭之意注家未喻其微旨張惠言云何氏此言眞能以意逆志於此更可知高唐神女之義茲錄之如下

黃初三年余朝京師還濟洛川古人有言斯水之神名曰宓妃感宋玉對楚王說神女之事遂作斯賦其詞曰

余從京域言歸東藩背伊闕越轘轅經通谷陵景山日既西傾車殆馬煩爾乃稅駕乎蘅皋秣駟乎芝田容與乎陽林流眄乎洛川於是精移神駭忽焉思散俯則未察仰以殊觀覩一麗人於岩之畔迺援御者而告之曰爾有覿於彼者乎彼何人斯若此之艷也御者對曰臣聞河洛之神名曰宓妃然則君王之所見也無迺是乎其狀若何臣願聞之余告之曰其形也翩若驚鴻婉若遊龍榮曜秋菊華茂春松髣髴兮若輕雲之蔽月飄颻兮若流風之回雪遠而望之皎若太陽升朝霞

迫而察之灼若芙蓉出渌波襛纖得衷修短合度肩若削成腰如約延素頸秀項皎質呈露芳澤無加鉛華弗御雲髻峨峨修眉連娟丹唇外朗皓齒內鮮明眸善睞輔靨承權瓌姿艷逸儀靜體閑柔情綽態媚於語言奇服曠世骨象應圖披羅衣之璀粲兮珥瑤碧之華琚戴金翠之首飾綴明珠以耀軀踐遠遊之文履曳霧綃之輕裾微幽蘭之芳藹兮步踟躕于山隅于是忽焉縱體以遨以嬉左倚采旄右蔭桂旗攘皓腕于神滸兮采湍瀨之玄芝余情悅其淑美兮心振蕩而不怡無良媒以接歡兮托微波而通辭願誠素之先達兮解玉珮以要之嗟佳人之信修兮羌習禮而明詩抗瓊珶以和予兮指潛淵而爲期執眷眷之款實兮懼斯靈之我欺感交甫之棄言兮悵猶豫而狐疑收和顏而靜志兮申禮防以自持于是洛靈感焉徙倚彷徨神光離合乍陰乍陽竦輕軀以鶴立若將飛而未翔踐椒塗之郁烈步蘅薄而流芳超長吟以永慕兮聲哀厲而彌長爾迺衆靈雜遝命儔嘯侶或戲清流或翔神渚或采明珠或拾翠羽從南湘之二妃攜漢濱之游女歎匏瓜

之無匹兮詠牽牛之獨處揚輕袿之猗靡兮翳修袖以延佇體迅飛鳧飄忽若神陵波微步羅襪生塵動無常則若危若安進止難期若往若還轉眄流精光潤玉顏含辭未吐氣若幽蘭華容婀娜令我忘餐于是屏翳收風川后靜波馮夷鳴鼓女媧清歌騰文魚以警乘鳴玉鸞以偕逝六龍儼其齊首載雲車之容裔鯨鯢踊而夾轂水禽翔而爲衛于是越北沚過南岡紆素領回清揚動朱唇以徐言陳交接之大綱恨人神之道殊兮怨盛年之莫當抗羅袂以掩涕兮淚流襟之浪浪悼良會之永絕兮哀一逝而異鄉無微情以效愛兮獻江南之明璫雖潛處於太陰長寄心于君王忽不悟其所舍悵神宵而蔽光于是背下陵高足往神留遺情想像顧望懷愁冀靈體之復形御輕舟而上泝浮長川而忘反思緜緜而增慕夜耿耿而不寐霑繁霜而至曙命僕夫而就駕吾將歸乎東路攬騑轡以抗策悵盤桓而不能去

何氏又云陳思獻責躬應詔詩表云前奉詔書臣等絕朝自分黃耇永無執珪之

望不圖聖詔猥垂齒召至止之日馳心輦轂僻處西館未奉闕庭踴躍之懷瞻望反側蓋文帝雖許其入朝而猶未遽令見之也故言宓妃雖感而神光離合乍陰乍陽也及已長吟永慕哀厲彌甚于是始見其隨從衆靈微步以卽我然猶若危若安若往若還則望其華容而至于忘餐蓋思之甚失于是宓妃始命收風靜波屈其尊以相交接良會之難如此異日其可必常常而見乎故又云悼良會之永絕也又云恨人神以下皆陳思自叙其情君王指宓妃喻文帝不必以序中君王爲疑張惠言云何以君王指宓妃或以爲鑿不知古人寓言多有露本意處如九歌湘夫人屈平以喩子蘭篇中思公子兮未敢言是其見意處湘夫人可稱公子宓妃亦可稱君王也

潘四農曰純是愛君戀主之詞賦以朝京師還濟洛川入手以潛處太陰寄心君王收場情詞亦易見矣不解注此者何以闌入感甄一事致使忠愛之苦心誣爲禽獸之惡行千古奇冤莫大於此近人張若需詩云白馬詩篇悲逐客驚鴻詞賦

比湘君卓識鴻議警論一空極快事也余按詞人作賦類多有爲而言不特漢魏爲然於葩經早開其例所謂比興之旨發乎情止乎禮義者是也是故美人香草俱爲託諷之詞自味者不明斯義獨拘牽於文字之間而假譬設諭都成罪狀夫豈不逆不億之謂哉惟其文規橅東京而又加以整潔六朝綺靡之端實自植而開此則讀子建賦者所不可不知者也又案子建鷂雀造句短勁命意幽隱不可謂非奇作陸棻云豆萁同根急于相煎鷂雀殊種幸而獲免禍福之幾不測如是聆二雀共樹相語令人思鬩牆禦侮詩言誠得陳思本旨故並錄之以見其處境之艱苦云其詞曰

鷂欲取雀雀自言雀微賤身體些小肌肉瘠瘦所得蓋少君欲相噉實不足飽鷂得雀言初不敢語頃來轗軻資糧乏旅三日不食略思死鼠今日相得寧復置汝雀得鷂言意甚怔營性命至重雀鼠貪生君得一食我命是傾皇天降監賢者是聽鷂得雀言意甚怛惋當死斃雀頭如蒜顆不早首服烈頸大喚行人聞之莫不

往觀雀得鷂言意甚不移依一棗樹藂蕽多刺目如擘椒跳蕭二翅我當死矣略無可避鷂乃置雀良久方去二雀相逢似是公嫗相將入草共上一樹仍叙本末辛苦相語向者共出爲鷂所捕賴我翻捷體素便捔說我辨語千條萬句欺恐舍長令兒大怖我之得免復勝於免自今徙意莫復相妬

自是以後賦家絕少獨阮步兵憂時憫亂悽愴不平作首陽山賦以自標亮節足爲當塗後勁固不僅詠懷諸什横厲無前已也而與表同情者殆向子期思舊一賦乎今錄以爲典午詞人之冠

余與嵇康呂安居止接近其人並有不羈之才然嵇志遠而疎呂心曠而放其後各以事見法嵇博綜技藝於絲竹特妙臨當就命顧視日影索琴而彈之余逝將西邁經其舊廬於時日薄虞淵寒冰凄然鄰人有吹笛者發聲寥亮追思曩日遊宴之好感音而嘆故作賦云

將命適於遠京兮遂旋反而北徂濟黃河以汎舟兮經山陽之舊居瞻曠野之蕭

條兮息余駕乎城隅踐二子之遺跡兮原窮巷之空廬歎黍離之愍周兮悲麥秀於殷墟惟古昔以懷今兮心徘徊以躊躇棟宇存而弗毀兮形神逝其焉如昔李斯之受罪兮歎黃犬而長吟悼嵇生之永辭兮顧日影而彈琴託運遇於領會兮寄餘命於寸陰聽鳴笛之慷慨兮妙聲絕而復尋停駕言其將邁兮遂援翰而寫心

張惠言云子期以嵇呂之誅危懼入洛返役作此悼嵇呂實自感也何義門云不容太露故爲辭止此晉人文尤不易及也又云使晉不代魏二子其夭枉乎當陳留之後經山陽之國其猶宗周既滅追溯殷亡倒用麥秀黍離非無謂也曰懷今則所感不獨嵇呂而已厥後機雲入洛並以藻采擅場然排比聲律益開駢儷之風讀士衡文賦雖以文論文深得甘苦爲千古文章家所不廢顧其句櫛字比已視馮衍爲彌工豪士賦一序更大開齊梁四六之門駢賦至此幾如騏驥之下峻阪其勢有不可以控勒者矣今并錄之以見體格之日卑云

余每觀才士之所作竊有以得其用心夫放言遣辭良多變矣妍蚩好惡可得而言每自屬文尤見其情恆患意不稱物文不逮意蓋非知之難能之難也故作文賦以述先士之盛藻因論作文之利害所由佗日殆可謂曲盡其妙至于操斧伐柯雖取則不遠若夫隨手之變良難以辭逮蓋所能言者具於此云

佇中區以玄覽頤情志於典墳遵四時以歎逝瞻萬物而思紛悲落葉於勁秋喜柔條於芳春心懍懍以懷霜志眇眇而臨雲詠世德之駿烈誦先人之清芬游文章之林府嘉麗藻之彬彬慨投篇而援筆聊宣之乎斯文其始也皆收視反聽耽思傍訊精騖八極心遊萬仞其致也情曈曨而彌鮮物昭晰而互進傾羣言之瀝液漱六藝之芳潤浮天淵以安流濯下泉而潛浸於是沈辭怫悅若遊魚銜鉤而出重淵之深浮藻聯翩若翰鳥纓繳而墜曾雲之峻收百世之闕文採千載之遺韻謝朝華於已披啓夕秀于未振觀古今于須臾撫四海于一瞬然後選義按部考辭就班抱景者咸叩懷響者畢彈或因枝以振葉或沿波而討源或本隱以之

顯或求易而得難或虎變而獸擾或龍見而鳥瀾或妥帖而易施或岨峿而不安
罄澄心以凝思眇衆慮而爲言籠天地於形內挫萬物於筆端始躑躅於燥吻終
流離於濡翰理扶質以立幹文垂條而結繁信情貌之不差故每變而在顏思涉
樂其必笑方言哀而已歎或操觚以率爾或含毫而邈然伊茲事之可樂固聖賢
之所欽課虛無以責有叩寂寞而求音函緜邈於尺素吐滂沛乎寸心言恢之而
彌廣思按之而逾深播芳蕤之馥馥發青條之森森粲風飛而猋豎鬱雲起乎翰
林體有萬殊物無一量紛紜揮霍形難爲狀辭程才以效伎意司契而爲匠在有
無而僶俛當淺深而不讓雖離方而遯員期窮形而盡相故夫夸目者尚奢愜心
者貴當言窮者無隘論達者唯曠詩緣情而綺靡賦體物而瀏亮碑披文以相質
誄纏緜而悽愴銘博約而溫潤箴頓挫而清壯頌優遊以彬蔚論精微而朗暢奏
平徹以閒雅說煒曄而譎誑雖區分之在茲亦禁邪而制放要辭達而理舉故無
取乎冗長其爲物也多姿其爲體也屢遷其會意也尚巧其遣言也貴妍曁音聲

之迭代若五色之相宣雖逝止之無常固崎錡而難便苟達變而識次猶開流以納泉如失機而後會恆操末以續顚謬玄黃之秩序故淟涊而不鮮或仰逼於先條或俯侵於後章或辭害而理比或言順而義妨離之則雙美合之則兩傷考殿最于錙銖定去留于毫芒苟銓衡之所裁固應繩其必當或文繁理富而意不指適極無兩致盡不可益立片言而居要乃一篇之警策雖衆辭之有條必待茲而效績亮功多而累寡故取足而不易或藻思綺合清麗芊緜炳若縟繡悽若繁絃必所擬之不殊乃闇合乎曩篇雖杼軸於予懷怵佗人之我先苟傷廉而愆義亦雖愛而必捐或苕發穎豎離衆絕致形不可逐響難爲係塊孤立而特峙非常音之所緯心牢落而無偶意徘徊而不能揥石韞玉而山輝水懷珠而川媚彼榛楛之勿翦亦蒙榮于集翠綴下里於白雪吾亦濟夫所偉或託言于短韻對窮迹而孤興俯寂寞而無友仰寥廓而莫承譬偏絃之獨張含淸唱而靡應或寄辭于瘁音徒靡言而弗華混妍蚩而成體累良質而爲瑕象下管之偏疾故雖應而不和

或遺理以存異徒尋虛以逐微言寡情而鮮愛辭浮漂而不歸猶絃么而徽急故雖和而不悲或奔放以諧合務嘈囋而妖冶徒悅目而偶俗固聲高而曲下寤防露與桑間又雖悲而不雅或清虛以婉約每除煩而去濫闕大羹之遺味同朱絃之清氾雖一唱而三歎固既雅而不豔若夫豐約之裁俯仰之形因宜適變曲有微情或言拙而喻巧或理朴而辭輕或襲故而彌新或沿濁而更清或覽之而必察或研之而後精譬猶舞者赴節以投袂歌者應絃而遣聲蓋是輪扁所不得言故亦非華說之所能精普辭條與文律良余膺之所服練世情之常尤識前修之所淑雖濬發于巧心或受嗤于拙目彼瓊敷與玉藻若中原之有菽同橐籥之罔窮與天地乎並育雖紛藹于此世嗟不盈于予掬患挈缾之屢空病昌言之難屬故踸踔于短韻放庸音以足曲恆遺恨以終篇豈懷盈而自足懼蒙塵于叩缶顧取笑乎鳴玉若夫應感之會通塞之紀來不可遏去不可止藏若景滅行猶響起方天機之馴利夫何紛而不理思風發于胸臆言泉流于脣齒紛威蕤以馺遝唯

毫素之所擬。文徽徽以溢目。音泠泠而盈耳。及其六情底滯。志往神留。兀若枯木。豁若涸流。攬營魂以探賾。頓精爽于自求。理翳翳而愈伏。思乙乙其若抽。是以或竭情而多悔。或率意而寡尤。雖茲物之在我。非余力之所勠。故時撫空懷而自惋。吾未識夫開塞之所由。伊茲文之爲用。固衆理之所因。恢萬里而無閡。通億載而爲津。俯貽則于來葉。仰觀象乎古人。濟文武于將墜。宣風聲于不泯。塗無遠而不彌。理無微而弗綸。配霑潤于雲雨。象變化乎鬼神。被金石而德廣。流管絃而日新。

其豪士賦云。

夫立德之基有常。而建功之路不一。何則。循心以爲量者。存乎我。因物以成務者。繫乎彼。存夫我者。隆殺止乎其域。繫乎物者。豐約惟所遭遇。落葉俟微風以隕。而風之力蓋寡。孟嘗遭雍門以泣。而琴之感以末。何者。欲隕之葉無所假烈風。將墜之泣不足繁哀響也。是故苟時啓于天。理盡于民。庸夫可以濟聖賢之功。斗筲可以定烈士之業。故曰才不半古而功已倍之。蓋得之于時勢也。歷觀古今。徼一時之功。而居伊周之位者有矣。夫我之自我。智士猶嬰。其累物之相物。昆蟲皆有此。情。夫以自我之量。而挾非常之勳。神器暉其顧盼。萬物隨其俯仰。心玩居常之安。耳飽從諛之說。豈識乎功在身外。任出才表者哉。且好榮惡辱。有生之所大期。忌盈害上。鬼神猶且不免。人主操其常柄。天下服其大節。故曰天可讎乎。而時有袪服荷戟。立乎廟門之下。援旗誓衆。奮于阡陌之上。況乎代主制命。自下裁物者哉。廣樹恩不足以敵怨。勤興利不足以補害。故曰代大匠斲者必傷其手。且夫政由甯氏。忠臣所爲慷慨。祭則寡人。人主所不久堪。是以君奭鞅鞅不悅。公旦之舉高平。師師側目。博陸之勢。而成王不遺嫌吝於懷。宣帝若負芒刺於背。非其然者歟。嗟乎。光于四表。德莫富焉。王曰叔父。親莫昵焉。登帝天位。功莫厚焉。守節沒齒。忠莫至焉。而傾側顚沛。僅而自全。則伊生抱明允以嬰戮。文子懷忠敬而齒劍。固其所也。因斯以言。夫以篤聖穆親。如彼之懿。大德至忠。如此之盛。尚不能取信于人主之懷。止謗于衆多之口。過此以往。惡覩其可安危之理。斷可識矣。又況乎饕大名以冒道家之忌。運知才而易聖哲所難者哉。身危由于勢過。而不知去勢以求安。禍積起于寵盛。而不知辭寵以招福。見百姓之謀己。則甲宮警守。以崇不畜之威。懼萬民之不服。則嚴刑峻制。以賈傷心之怨。然後威窮乎震主。而怨行乎上下。衆心日陊。危機將發。而方偃仰瞪眄。謂足以夸世。笑古人之未工。忘已事之已拙。知曩勳之可矜。暗成敗之有會。是以事窮運盡。必于顚仆。風起塵合。而禍至常酷也。聖人忌功名之過。已惡寵祿之踰。量蓋爲此也。夫惡欲之大端。賢愚所共有。而游子徇高位於生前。志士思垂名於身後。受生之分。唯此而已。夫蓋世之業。名莫大焉。震主之勢。位莫盛焉。率意無違。欲莫順焉。借使伊人頗覽天道。知盡不可益盈難久持。超然自引。高揖而退。則巍巍之盛。仰邈前賢。洋洋之風。俯冠來籍。而大欲不乏於身。至樂無愆乎舊。節彌效而德彌廣。身愈逸而名愈劭。此之不爲。彼之必昧。然後河海之迹。堙爲窮流。一簣之釁。積成山岳。名編凶頑之條。身厭荼毒之痛。豈不謬哉。故聊賦焉。庶使百世少有寤云。

世有豪士兮遭國顛沛攝窮運之歸期當衆通之所會苟時至而理盡譬摧枯而振敗因天地以運動恆才瑣而功大于是禮極上典服盡暉崇儀北辰以葺宇賓蘭室而桂宮撫玉衡于樞極運萬物乎掌中伊天道之剛健猶時至而必僵日罔中而弗昃月何盈而不闕襲覆車之危軌笑前乘之去穴若知險而退止趨歸蕃而自戢推璇璣以前謝顧萬物而高揖訖浮雲以邁志豈咎丞之能集擠為山以自隕歎禍至于何及

同時有與機雲先後崛起者二人曰左思曰潘岳思撰三都賦構思十年門庭藩溷皆著筆紙遇得一句卽便疏之及賦成皇甫謐張載劉逵衞瓘咸為敘述司空張華亦見而歎曰班張之流也由是洛陽豪貴競相爭寫為之紙貴獨士衡目為傖夫欲待其成以覆酒甕及思賦出機乃歎伏以為不能加也岳著藉田射雉諸賦氣魄雄厚不減馬班蓋與太沖俱能確守兩漢之遺範者不可謂非一時之傑也惟其品節卑汚比附權奸不免與馬融同譏故不贅錄錄陶淵明閑情賦亦聊

以滌昭明白璧微瑕之謬云爾

初張衡作定情賦蔡邕作靜情賦檢逸辭而宗澹泊始則蕩以思慮而終歸閒正將以抑流宕之邪心諒有助于諷諫綴文之士奕代繼作並因觸類廣其辭義余園閭多暇復染翰爲之雖文妙不足庶不謬作者之意乎

夫何瓌逸之令姿獨曠世以秀羣表傾城之艷色期有德於傳聞鳴佩玉以比潔齊幽蘭以爭芬淡柔情於俗內負雅志於高雲悲晨曦之易夕感人生之長勤同一盡於百年何歡寡而愁殷褰朱幃而正坐汎清瑟以自欣送纖指之餘好攘皓袖之繽紛瞬美目以流眄含言笑而不分曲調將半景落西軒悲商叩林白雲依山仰睇天路俯促鳴絃神儀嫵媚舉止詳妍激清香以感余願接膝以交言欲自往以結誓懼冒禮之爲愆待鳳鳥以致辭恐他人之我先意惶惑而靡寧魂須臾而九遷願在衣而爲領承華首之餘芳悲羅襟之宵離怨秋夜之未央願在裳而爲帶束窈窕之纖身嗟溫涼之異氣或脫故而服新願在髮而爲澤刷玄鬢於頹

肩。悲佳人之屢沐。從白水以枯煎。願在眉而爲黛。隨瞻視以閑揚。悲脂粉之尙鮮。或取毀于華粧。願在莞而爲席。安弱體於三秋。悲文茵之代御。方經年而見求。願在絲而爲履。附素足以周旋。悲行止之有節。空委棄於床前。願在晝而爲影。常依形而西東。悲高樹之多蔭。慨有時而不同。願在夜而爲燭。照玉容於兩楹。悲扶桑之舒光。奄滅景而藏明。願在竹而爲扇。含淒飈於柔握。悲白露之晨零。顧襟袖以緬邈。願在木而爲桐。作膝上之鳴琴。悲樂極以哀來。終推我而輟音。考所願而必違。徒契闊以苦心。擁勞情而罔訴。步容與於南林。棲木蘭之遺露。翳青松之餘陰。儻行行之有覿。交欣懼於中襟。竟寂寞而無見。獨悁想以空尋。斂輕裾以復路。瞻夕陽而流歎。步徙倚以忘趣。色慘悽而矜顏。葉燮燮以去條。氣淒淒而就寒。日負影以偕沒。月媚景於雲端。鳥悽聲以孤歸。獸索偶而不還。悼當年之晚暮。恨茲歲之欲殫。思宵夢以從之。神飄颻而不安。若憑舟之失棹。譬緣崖而無攀。于時畢昴盈軒。北風淒淒。惘惘不寐。衆念徘徊。起攝帶以伺晨。繁霜粲於素階。雞斂翅而未嗚。笛流遠以清哀。始妙密以閑和。終寥亮而藏摧。意夫人之在茲。託行雲以送懷。行雲逝而無語。時奄冉而就過。徒勤思以自悲。終阻山而帶河。迎清風以袪累。寄弱志於歸波。尤蔓草之爲會。誦邵南之餘歌。坦萬慮以存誠。憩遙情於八遐。

陸氏棻云。淵明此賦。眞得楚騷的派。坡公比之國風好色而不淫。非過也。當與洛神思君之作並傳。案公又有歸去來辭。亦楚騷之亞。以世多傳誦。不復及云。

第十四章　六朝

與淵明同時。其人有不入於晉而入於宋者二人。曰顏延年。謝靈運。謝興會飈舉。顏體裁明密。駢四儷六。益較二陸爲工。若顏之赭白馬賦。其尤著也。謝賦不見稱而惠連希逸。雪月並傳。麗句清辭。自成格調。然陸棻謂雪賦雖氣象猶存晉魏。而駢詞偶句。如貫珠連璧。遂開初唐四六之先。則俳體之盛。略可覩已。獨鮑明遠蕪城一賦。氣局蒼老。魄力雄健。足爲一時之冠。姚薑塢謂其驅邁蒼涼之氣。驚心動魄之詞。皆賦家絕境。洵屬確論。厥後江淹恨賦。亦似從此取徑。然體略卑下。全乏

氣骨矣其賦云

瀰迆平原南馳蒼梧漲海北走紫塞雁門柂以漕渠軸以崑岡重江複關（宋刻鮑集作重關復江）之隩四會五達之莊當昔全盛之時車挂轊人駕肩廛閈撲地歌吹沸天孳貨鹽田鏟利銅山才力雄富士馬精妍故能奓秦法佚周令劃崇墉刳濬洫圖修世以休命是以板築雉堞之殷井幹烽櫓之勤格高五嶽袤廣三墳崪若斷岸矗似長雲制磁石以禦衝糊赬壤以飛文觀基扃之固護將萬祀而一君出入三代五百餘載竟瓜剖而豆分澤葵依井荒葛罥塗壇羅虺蜮階鬭麏鼯木魅山鬼野鼠城狐風嗥雨嘯昏見晨趨飢鷹厲吻寒鴟嚇雛伏虣（注云虓或爲虣）藏虎乳血餐膚崩榛塞路崢嶸古馗白楊早落塞草前衰棱棱霜氣蔌蔌風威孤蓬自振驚砂坐飛灌莽杳而無際叢薄紛其相依通池既已夷峻隅又已頹直視千里外唯見起黃埃（去病案賦體中雜入五言詩蓋自張平子首開此例）凝思寂聽心傷已摧若夫藻扃黼帳歌堂舞閣之基璇淵碧樹弋林釣渚之館吳蔡齊秦之聲魚龍爵馬之玩皆薰歇燼滅光沈響絕

東都妙姬。南國麗人。蕙心紈質。玉貌絳脣。莫不埋魂幽石。委骨窮塵。豈憶同輿之愉樂。離宮之辛苦哉。天道如何。吞恨者多。抽琴命操。爲蕪城之歌。歌曰。邊風急兮城上寒。井逕滅兮。邱隴殘。千齡兮。萬代。共盡兮。何言。

何氏焯云。世祖孝建三年。竟陵王誕據廣陵反。沈慶之討平之。命急誅城內男丁。以女口爲軍賞。昭蓋感事而賦也。別有舞鶴游思二篇。皆詞旨俊逸。摹寫入微。學者苟能卽是以較雪月諸作。自可識其在二謝之上矣。齊梁以降。惟江淹稱最。世人徒誦其恨別二賦。詫爲筆底生花。不知此正當時俳體。非文通傑作。若去故鄉江上之山等作。乃眞妙製矣。茲錄其去故鄉賦於下。

日色暮兮隱吳山之邱墟。北風析兮絳花落。流水散兮睟蘋疎。愛桂枝而不見。悵浮雲而離居。迺逡大壑。越滄淵。浤浤積磴。水橫斷山。窮陰匝野。平蕪帶天。于是泣故關之已盡。傷故國之無際。出汀洲而解冠。入溆浦而捐袂。聽蒹葭之蕭瑟。知霜露之流滯。對江皐而自憂。弔海濱而傷歲。撫尺書而無悅。倚樽酒而不持。去室宇而遠客遵蘆葦以爲期情嬋娟而未罷愁瀾漫而方滋切趙瑟以横涕吟燕笳而愈悲少歌曰芳洲之草行欲暮桂水之波不可渡絕世獨立兮報君子之一顧是時霜剪蕙兮風擢芷平原晚兮莫雲起寧歸骨于松柏不買名于城市若濟河無梁兮沈此心于千里重曰江南之杜蘅兮色以陳願使黃鵠兮報佳人横羽觴而淹望撫玉琴兮何親瞻層山而蔽日流餘涕以沾巾恐高臺之易晏與螻蟻而爲塵

同時有不以賦名而能善寫賦之體製與其情狀者厥惟劉勰觀夫勰之詮賦一篇舉凡源流派別以逮製作之精立言之要靡不詳爲敘次秩然不紊矣晉士衡文賦有功于辭苑閎哉因備錄之知當時評判固匪若今之扣槃捫燭爲雄也

詩有六義其二曰賦賦者鋪也鋪采摛文體物寫志也昔邵（召邵作號）公稱公卿獻詩師箴賦傳云登高能賦可爲大夫詩序則同義傳說則異體總其歸塗實相枝幹劉向云明不歌而頌班固稱古詩之流也至如鄭莊之賦大隧士蔿之賦狐裘結

言短韻。詞自己作。雖合賦體。明而未融。及靈均唱騷。始廣聲兒。然賦也者。受命于詩人。拓宇于楚辭也。于是荀況禮智。宋玉風鈞。爰錫名號。與詩畫境。六義附庸。蔚成大國。遂（許云當作述）客主（元作至）以首引。極貌以窮文。斯蓋別詩之原。始命賦之厥初也。秦世不文。頗有雜賦。漢初詞人。順流而作。陸賈扣其端。賈誼振其緒。枚馬同其風。班揚騁其勢。皋朔已下。品物畢圖。繁積于宣時。校閱于成世。進御之賦。千有餘首。討其源流。信興楚而盛漢矣。夫京殿苑獵。述行序志。並體國經野。義尚光大。既履端于倡序。亦歸餘于總亂。序以建言。首引情本。亂以理篇。迭致文契。按那之卒章。閔馬稱亂。故知殷人輯頌。楚人理賦。斯並鴻裁之寰域。雅文之樞轄也。至于草區禽族。庶品雜類。則觸興致情。因變取會。擬諸形容。則言務纖密。象其物宜。則理貴側附。斯又小制之區畛。奇巧之機要也。觀夫荀結隱語。事數自環。宋發巧談。實始淫麗。枚乘兔園。舉要以會新。相如上林。繁類以成艷。賈誼鵩鳥。致辨於情理。子淵洞簫。窮變于聲兒。孟堅兩都。明絢以雅贍。張衡二京。迅發以宏富。子雲甘泉。構深瑋之風。延壽靈光。含飛動之勢。凡此十家。並辭賦之英傑也。及仲宣靡密。發端必遒。偉長博通。時逢壯采。太沖安仁。策勳于鴻規。士衡子安。底績於流制。景純綺巧。縟理有餘。彥伯硬概。情韻不匱。亦魏晉之賦首也。原夫登高之旨。蓋覩物興情。情以物興。故義必明雅。物以情觀。故詞必巧麗。麗詞雅義。符采相勝。如組織之品朱紫。畫繪之著玄黃。文雖新而有質。色雖糅而有本。（一作儀）此立賦之大體也。然逐末之儔。蔑棄其本。雖讀千賦。愈惑體要。遂使繁華損枝。膏腴害骨。無貴風軌。莫益勸戒。此揚子所以追悔於雕蟲。貽誚於霧縠者也。

自是而後。作者絕少。惟子山庾氏。實爲之殿。今讀其哀江南賦。不第河朔無此傑構。卽徐孝穆輩。亦當爲之歛手。洵足以傲睨南北。而結六朝之局者也。他若小園枯樹。俱爲律賦導觴。爰悉錄之。俾學律體者。知溯厥源焉。哀江南云

粵以戊辰之年。建亥之月。大盜移國。金陵瓦解。余乃竄身荒谷。公私塗炭。華陽奔命。有去無歸。中興道消。窮于甲戌。三日哭于都亭。三年囚于別館。天道周星。物極

必反。傳燮之但悲身世。無所（英華作處）求生。袁安之每念王室。自然流涕。昔桓君山之志事。（英華作士）杜元凱之生平。（英華作平生）並有著書。咸能自序。潘岳之文彩。始述家風。陸機之詞賦。多陳世德。信年始二毛。即逢喪亂。藐是（英華作狠狽）流離。至于暮齒。燕歌（藝文作河）遠別。悲不自勝。楚老相逢。泣將何及。畏南山之雨。忽踐秦庭。讓東海之濱。遂飡周粟。下（英華作丁）亭漂泊。高橋羈旅。楚歌非取樂之方。魯酒無忘憂之用。追惟（英華作爲）此賦。聊以紀言。不無危苦之辭。唯以悲哀爲主。日暮塗遠。人間何世。將軍一去。大樹飄零。壯士不還。寒風蕭瑟。荆璧睨柱。受連城而見欺。載書橫階。捧珠盤而不定。鍾儀君子。入就南冠之囚。季孫行人。留守西河之館。申包胥之頓地。碎之以首。蔡威公之淚盡。加之以血。釣臺移柳。非玉關之可望。華亭鶴唳。豈（英華作非）河橋之可聞。孫策以天下爲三分。衆裁一旅。項羽（英華作籍）用江東之子弟。人唯八千。遂乃分裂山河。宰割天下。豈有百萬義師。一朝卷甲。芟夷斬伐。如草木焉。江淮無涯岸之阻。亭壁無藩籬之固。頭會箕斂者。合從締交。鉏耰棘矜者。因利乘便。將非江表王氣。應終

（英華作綠于）三百年乎。是知并吞六合。不免軹道之災。混一車書。無救平陽之禍。嗚呼、山嶽崩頹。既履危亡之運。春秋迭代。必有去故之悲。天意人事。可以悽愴傷心者矣。況復舟檝路窮。星漢非乘槎可上。風飆道阻。蓬萊無可到之期。窮者欲達其言。勞者須歌其事。陸士衡聞而撫掌。是所甘心。張平子見而陋之。固其宜矣。我之掌庾承周。以世功而爲族。經邦佐漢。用論道而當官。稟嵩華之玉石。潤河洛之波瀾。居負洛而重世。邑臨淸而晏安。逮永嘉之艱虞。始中原之乏主。民枕倚于牆壁。路交橫於豺虎。値五馬之南奔。逢三星之東聚。彼凌江而建國。此（英華作始）播遷于吾祖。分南陽而賜田。烈東嶽而胙土。誅茅宋玉之宅。穿徑臨江之府。水木交運。山川崩竭。家有直道。人多全節。訓子見于純深。事君彰于義烈。新野有生祠之廟。河南有胡書之碣。況乃少微眞人。天山逸民。階庭空谷。門巷蒲輪。移壇講樹。就簡書筠。降生世德。載誕貞臣。文詞高于甲觀。模楷盛于漳濱。嗟有道而無鳳。歎非時而有麟。既姦回之竄匿。終不悅于仁人。王子洛濱之歲。蘭成射策之年。始含香于建禮，仍矯翼于崇賢。遊溶雷之講肆。齒明離之胄筵。既傾蠡而酌海。遂側管以窺天。方塘水白。鈞渚池圓。侍戎韜于武帳。聽雅曲于文絃。乃解懸而通籍。遂崇文而會武。居笠轂而掌兵。出蘭池而典午。論兵于江漢之君。拭圭（英華作玉）于河西之主。于時朝野歡娛。池臺鐘鼓。里爲冠蓋。門成鄒魯。連茂苑于海陵。跨橫塘于江浦。東門則鞭石成橋。南極則鑄銅爲柱。樹（英華作橋）則園植萬株。竹則家封千戶。西費浮玉。南琛沒羽。吳歈越吟。荆艷楚舞。草木之藉（英華作遇）陽春。魚龍之得（英華作逢）風雨。五十年中。江表無事。王歆爲和親之侯。班超爲定遠之使。馬武無預于甲兵。馮唐不論于將帥。豈知山嶽闇然。江湖潛沸。漁陽有閭丘戍卒。（英華注卒一作兵）離石有將兵都尉。天子方刪詩書。定禮樂。設重雲之講。開士林之學。談刼燼之灰飛。辯常星之夜落。地平魚齒。城危獸角。臥刀斗于滎陽。絆龍媒于平樂。宰衡以干戈爲兒戲。縉紳以清談爲廟略。乘漬水而（英華作以又注漬一作海）膠船。馭奔駒以朽索。小人則將及水火。君子則方成猿鶴。敝箄不能救鹽池之鹹。阿膠不能止黃河之濁。既而鲂魚頳尾。四郊多壘。

殿狎江鷗。宮鳴野雉。湛盧去國。艅皇失水。見被髮于伊川。知其時（英華作百年其時而）為戎矣。彼姦逆之熾盛。久遊魂而放命。大則有鯨有鯢。小則為梟為獍。負其牛羊之力。凶其水草之性。非玉燭之能調。豈璿璣之可正。值天下之無為。尚有欲于羈縻。飲其琉璃之酒。賞其虎豹之皮。見胡桐于大夏。識鳥卵于條支。豺牙密厲。虺毒潛吹。輕九鼎而欲問。聞三川而遂窺。始則王子召戎。姦臣介冑。既官政而離逷。遂師言而泄漏。望廷尉之逋囚。反淮南之窮寇。飛（英華作出）狄泉之蒼鳥。起橫江之困獸。地則石鼓鳴山。天則金精動宿。北闕龍吟。東陵麟鬬。爾乃桀黠構扇。馮陵畿甸。擁狼望於黃圖。塡盧山于赤縣。青袍如草。白馬如練。天子履端廢朝。單于長圍高宴。兩觀當戟。千門受箭。白虹貫日。蒼鷹擊殿。競（英華作竟）遭夏臺之禍。遂（英華作終）視堯城之變。官守無奔問之人。干戚非平戎之戰。陶侃則空裝米船。顧榮則虛搖羽扇。（英華裝作揚無二則字）將軍死綏。路絕重圍。烽隨星落。書逐鳶飛。遂（英華無遂字）乃韓分趙裂。鼓臥旗折。失羣班馬。迷輪亂轍。猛士嬰城。謀臣卷舌。昆陽之戰象走林。常山之陳蛇奔穴。五郡則兄弟同悲。三州則父子離別。護軍慷慨。忠能死節。三（英華作二）世爲將。終于此滅。濟陽忠壯。身參末將。兄弟三人。義聲俱唱。主辱臣死。名存身喪。狄（英華作敵）人歸元。三軍悽愴。尚書多算。守備是長。雲梯可拒。地道能防。有齊將之閉壁。無燕師之臥牆。大事去矣。人之云亡。甲子奮發。勇氣咆勃。實總元戎。身先士卒。胄落魚門。兵塡馬窟。屢犯通中。頻遭刮骨。功業天柱。身名埋沒。或以隼翼鷃披。虎威狐假。沾漬鋒鏑。脂膏原野。兵弱虜強。城孤氣寡。聞鶴唳而虛驚。聽胡笳而淚下。據神亭而亡戟。臨橫江而棄馬。崩于鉅鹿之沙。碎于長平之瓦。于是桂林顛覆。長洲麋鹿。潰潰沸騰。茫茫慘（英華作慘）黷。天地離阻。人神怨（英華作慘）酷。晉鄭靡依。魯衛不睦。競動天關。爭回地軸。探雀鷇而未飽。待熊蹯而詎熟。乃有車側郭門。筋懸廟屋。鬼同曹社之謀。人有秦庭之哭。余（英華作留）乃假刻璽于關塞。稱使者之詶對。逢鄂坂之譏嫌。値彤門之征稅。乘白馬而不前。策青騾而轉碍。吹落葉之扁舟。飄長颿（英華作風）于上游。彼鋸牙而句爪（原作向）。又巡江而習流。排青龍之戰艦。鬭飛燕之船樓。張遼臨于赤壁。王濬下于巴邱。乍風驚而射火或箭重而回(英華作沈)舟。未辨聲于黃蓋。已先沈于杜侯。落帆黃鶴之浦。藏船鸚鵡之洲。路已分於湘漢。星猶看于斗牛。若乃陰陵失路(英華作路絕注絕一作失)釣臺斜趣。望赤岸而霑衣。艤烏江而不渡。雷池栅浦。鸖陵焚戍。旅舍無烟。巢禽失(英華作無)樹。謂荊衡之杞梓。庶江漢之可恃。淮海維揚。三千餘里。過漂渚而寄食。託蘆中而渡水。屈于七澤。濱于十死。嗟天保之未定。見殷憂之方始。本不達于危行。又無情于祿仕。謬掌衛于中軍。濫(英華作誤注一作濫)尸丞于御史。信生世等于龍門。辭親同于河洛。奉立身之遺訓。受成書之顧託。昔三世而無慚。今七葉而始(英華作方)落。泣風雨于梁山。惟枯魚之銜索。入(英華注一作有)欹斜之小徑。掩蓬藋之荒扉。就汀洲之杜若。待蘆葦之單衣。于時西楚霸王。劍及繁陽。鏖(英華作麾)兵金匱。校戰玉堂。蒼鷹赤雀。鐵軸牙檣。沈白馬而誓衆。負黃龍而度湘(英華作江)。海潮迎艦。江萍送王。戎車屯于石城。戈船掩乎(英華作于)淮泗。諸侯則鄭伯前驅。盟主則荀罃暮至。剖巢熏穴。奔魑走魅。埋長狄于駒門。斬蚩尤于中冀。然腹爲燈。飲頭爲器。直虹貫壘。長星屬地。昔之虎據龍盤加以黃旗紫氣莫不隨狐兔而窟穴與風塵而殄瘁西瞻博望北臨玄圃月榭風臺池平樹古倚弓于玉女窗扉繫馬于鳳皇樓柱仁壽之鏡徒懸茂陵之書空聚若夫立德立言謨明貴亮聲起于繫表道高于河上既（英華作更）不遇于浮邱遂無言于師曠捐（英華作以）愛子而託人知西陵而誰望非無北闕之兵猶有雲（英華作靈）臺之仗司徒之表裏經綸狐偃之維王實勤橫彫戈而對霸主執金鼓（英華作鞭注一作鼓）而問賊臣平吳之功壯于杜元凱王室是賴深于溫太眞始則地名全節終以（英華作則）山稱枉人南陽（英華注一作南山）校書去之已遠上蔡逐獵知之何晚鎮北之負譽矜前風飈懍然水神遭箭山靈見鞭是以蟄（英華作熱）熊傷馬浮蛟沒船（英華作般）才子幷命俱非百年中宗之夷凶靜亂大雪寃恥去代邸而承基遷唐郊而纂祀反舊章于司隸歸餘風于正始沈猜則方逞其欲藏疾則自矜于已天下之事沒焉諸侯之心揺矣既而齊交北絕秦患西起況背關（英華作闕）而懷（英華注一作壞非）楚異端委而開吳驅綠林之散卒拒驪山之叛徒營軍梁溠蒐乘巴渝問諸淫昏之鬼求諸厭劾（英華

注幼作諂一之巫。荆門遭廩延之戮。夏口濫逵泉之誅。蔑因親于教英華作以致愛。忍和樂
于孿弧。既無課于肉食。非所望于論都。未深思于五難。先自擅于二英華作三注作二端。
登陽城而避險。臥底柱而求安。既言多于忌刻。實志勇于形殘英華四句而于互易。但坐觀于
時變。本無情于急難。地爲英華作惟黑子。城猶彈丸。其怨則黷。其盟則寒。豈寃禽之能
塞海。非愚叟之可移山。況以沴氣朝浮。妖精夜殞。赤烏則三朝夾日。蒼雲則七重
圍軫。亡吳之歲既窮。入郢之年斯盡。周含鄭怒。楚結秦寃。有南風之不競。值西鄰
之責言。俄而梯衝亂舞。冀馬雲屯。棧秦車于暢轂。沓漢鼓于雷門。下陳倉而連弩。
度臨晉而橫船。雖復楚有七澤。人稱三戶。箭不麗于六麋。雷無驚于九虎。辭洞庭
兮落木。去涔陽兮極浦。熾火兮焚旗。貞風兮害蠱。乃使英華作值玉軸揚灰。龍文斫英華
作折柱。下江餘城。長林故營。徒思箝馬之秣。未見燒牛之兵。章曼英華作慢支以轂走。宮
之奇以族行。河無冰而馬度。關未曉而雞鳴。忠臣解骨。君子吞聲。章華望祭之所。
雲夢僞遊之地。荒谷縊于莫敖。冶父囚于羣帥。硎穽摺拉。鷹鸇批攢。寃霜夏零。憤

泉秋沸。城崩杞婦之哭。竹染湘妃之淚。水毒秦涇。山高趙陘。十里五里。長亭短亭。饑隨蟄鷰。暗逐流螢。秦中水黑。關上泥青。于時瓦解冰泮。風飛電散。渾然千里。淄澠一亂。雪暗如沙。冰橫似岸。逢赴洛之陸機。見離家之王粲。莫不聞隴水而掩泣。向關山而長歎。況復君在交河。妾在清波。石望夫而逾遠。山望子而逾多。才人之憶代郡。公子之去清河。栩（英華注一作相）陽亭有離別之賦。臨江王有愁思之歌。別有飄颻武威。羈旅金微。班超生而望反。溫序死而思歸。李陵之雙鳧永去。蘇武之一雁空飛。昔（英華作若）江陵之中否。乃金陵之禍始。雖借人之外力。實蕭牆之內起。撥亂之主忽焉。中興之宗不祀。伯兮叔兮。同見戮于猶子。荊山鵲飛而玉碎。隋岸蛇生而珠死。鬼火亂于平林。殤魂驚（英華作遊）于新市。梁故豐徙。楚實秦亡。不有所廢。其何以昌。有嬀之後。遂育于姜。輸我神器。居爲讓王。天地之大德曰生。聖人之大寶曰位。用無賴之子孫（英華作弟）。舉江東而全棄。惜天下之一家。遭東南之反氣。以鶉首而賜秦。天何爲而此醉。且夫天道囘旋。民生賴（英華作預）焉。余烈祖于西晉。始流播于東川。

洎余身而七葉。又遭時而北遷。提挈老幼。關河累年。死生契闊。不可問天。況復零落將盡。靈光巋然。日窮于紀。歲將復始。逼切危慮。端憂暮齒。踐長樂之神皋。望宣平之貴里。渭水貫于天門。驪山迴于地（英華注地一作平非）市。幕府大將軍之愛客。丞相平津侯之待士。見鍾鼎于金張。聞絃歌于許史。豈知灞陵夜獵。猶是故時將軍。咸陽布衣。非獨思歸王子。又小園賦云。

若夫一枝之上。巢父得安巢之所。一壺之中。壺公有容身之地。況乎管寧藜牀。雖穿而可坐。嵇康鍛竈。既烟而堪眠。豈必連闥洞房。南陽樊重之第。綠墀青瑣。西漢王根之宅。余有數畝弊廬。寂寞人外。聊以擬伏臘。聊以避風霜。雖復晏嬰近市。不求朝夕之利。潘岳面城。且適閒居之樂。況乃黃鶴戒露。非有意于輪軒。爰居避風。本無情于鐘鼓。陸機則兄弟同居。韓康則舅甥不別。蝸角蚊睫。又足相容者也。（以上是序）爾乃窟室徘徊。聊同鑿坏。桐間露落。柳下風來。琴號朱柱。書名玉杯。有棠梨而無館。足酸棗而非臺。猶得欹側八九丈。縱橫數十步。榆柳兩三行。梨桃百餘樹。撥

蒙密兮見窗行欹斜兮得路蟬有翳 藝文作翁 兮不驚雉無羅兮何懼草樹混淆枝格
相交山爲簣覆地 藝文作水 有堂坳藏狸並窟乳鵲重巢連珠細菌長柄寒匏可以療
飢可以棲遲歛隔 藝文作崎嶇 兮狹室穿漏兮茅茨簷直倚而妨帽戶平行而礙眉坐
帳無鶴支牀有龜鳥多閑暇花隨四時心則歷陵枯木髮則睢陽亂絲非暇 注疑作夏
日而可畏異秋天而可悲一寸二寸之魚三竿兩竿之竹雲氣蔭于叢著金精養
于秋菊棗酸梨酢桃榹李薁 藝文無雲氣四句有離披落格之藤爛熳無叢之菊二句 落葉半牀狂花滿屋名
爲野人之家是謂愚公之谷試 藝文作誠 偃息于茂林乃久羨于抽簪雖有門而長閉
實無水而恆沈三春負鋤相識五月披裘見尋問葛洪之藥性訪京房之卜林草
無忘憂之意花無長樂之心鳥何事而逐酒魚何情而聽琴加以寒暑異令乖違
德性崔駰以不樂損年吳質以長愁養病鎮宅神以蘊石厭山精而照鏡屢動莊
舄之吟幾行魏顆之命薄晚閑閨老幼相攜蓬頭王霸之子椎髻梁鴻之妻燋麥
兩甕寒菜一畦風騷騷而樹急 藝文作樹騷騷而風急 天慘慘而雲低聚空倉而雀噪驚懶

婦而蟬嘶（藝文作啼）昔草濫于吹噓藉文言之慶餘門有通德家承（藝文作藏）賜書或陪玄武之觀時參鳳凰之墟觀受釐于宣室賦甘楊于直廬遂乃山崩川竭冰碎瓦裂大盜潛移長離永滅摧直轡于三危碎平途于九折荊軻有寒冰（皆作水）之悲蘇武有秋風之別關山則風月悽愴隴水則肝腸斷絕龜言此地之寒鶴訝今年之雪百靈（藝文作齡）兮倏忽精（藝文作榮）華兮以晚不雪雁門之踦先念鴻陸之遠非淮海兮可變非金丹兮能轉不暴骨于龍門終低頭于馬坂（二句藝文于皆作兮）諒天造兮昧昧嗟生民兮渾渾又枯樹賦云

殷仲文風流儒雅海內知名世（碑作代）異是移出爲東陽太守常忽忽不樂顧庭槐而歎曰此樹婆娑生意盡矣至如白鹿貞松青牛文梓根柢盤魄山崖表裏桂何事而銷亡桐何爲而半死昔之三河徙植九畹移根開花建始之殿落實睢陽之園聲含嶰谷曲抱雲門將雛集鳳比翼巢鴛臨風亭（碑作庭）而唳鶴對月峽而吟猿乃有拳曲擁腫盤拗反覆熊虎（碑作彪）顧盼魚龍起伏節豎山連文橫水匠石驚

視。公輸眩目。雕鐫始就。剞劂仍加。平鱗鏟甲。落角摧牙。重重碎錦。片片眞花。紛披草樹。散亂烟霞。若夫松子古度。平仲君遷。森梢百頃。槎桙（英華作枿章云桙卽枿字舊作杼非）千年。秦則大夫受職。漢則將軍坐焉。莫不苔埋菌壓。鳥剝蟲穿。低垂於霜露。撼頓於風烟。東海有白木之廟。西河有枯桑之社。北陸以楊葉爲關。南陵以梅根作冶。小山則叢桂留人。扶風則長松繫馬。豈獨城臨細柳之上。塞落桃林之下。（詞意頗雜此段尤俗）若乃山河阻絕。飄零離別。（山河二句不貼）拔本垂淚。傷根流血。火入空心。膏流斷節。橫洞口而欹臥。頓山要而半折。文衰者合體俱碎。理正者中心直裂。（二句依碎本）載癭銜瘤。藏穿抱穴。木魅睗睒。（藝文作睒睗）山精妖孽。況復風雲不感。羈旅無歸。未能採葛。還成食薇。沈淪窮巷。蕪沒荊扉。既傷搖落。彌嗟變衰。淮南子云。木葉落。長年悲。斯之爲矣。乃爲歌曰。建章三月火。黃河千里桂。若非金谷滿園樹。卽是河陽一縣花。桓大司馬聞而歎曰。昔年移柳。依依漢南。今看搖落。悽愴江潭。物猶如此。人何以堪。

然而古賦自茲絕矣。靡論楚騷。卽漢魏亦不復得。則庾氏不亦負古今詞賦一大

改革之責者哉因錄張惠言氏七十家賦鈔敘于後知自古登高能賦者之盡于此云

賦烏乎統曰統乎志志烏乎歸曰歸乎正夫民有感于心有概于事有達于性有鬱于情故有不得已者而假于言言象也象必有所寓其在物之變化天之漻漻地之囂囂日出月入一幽一昭山川之崔蜀杳伏畏佳林木振硪谿谷風雲霧霿靁震寒暑雨則爲雪霜則爲露生殺之代新而嬗故鳥獸與魚草木之華蟲走螘趨陵變谷易震動薄蝕人事老少生死傾植禮樂戰鬭號令之紀悲愁勞苦忠臣孝子羈士寡婦愉佚愕駭有動于中久而不去然後形而爲言于是錯綜其辭回牾其理鏗鎗其音以求理其志其在六經則爲詩詩之義六曰風曰賦曰比曰興曰雅曰頌六者之體主于一而用其五故風有雅頌焉七月是也雅有頌焉有風焉烝民崧高是也周澤衰禮樂缺詩終三百文學之統熄古聖人之美言規矩之奧趣鬱而不發則有趙人荀卿楚人屈原引辭表旨譬物連類述三王之道以譏

切當世。振塵滓之澤。發芳香之鬯。不謀同稱。並名爲賦。故、知、賦、者、詩、之、體、也。其後藻麗之士。祖述憲章。厥製益繁。然、其、能、之、者、爲、之。愉暢輸寫。盡其物。和其志。變而不失其宗。其、淫、宕、佚、放、者、爲、之。則流遁忘反。壞亂而不可紀。譎而不觚。盡而不觳。肆而不衍。比物而不醜。其志潔。其物芳。其道杳冥而有常。此、屈平之、爲、也。與風雅爲節。渙乎若翔風之運輕靸。灑乎若玄泉之出乎蓬萊。而注渤澥。及、其、徒、宋玉景差爲、之。其質也。華然。其文也。縱而後反。雖、然、其與物椎拍宛轉。泠汰其義。轂輠于物。芴芴乎古之徒也。剛志決理。輐斷以爲紀。內而不汙。表而不著。則、荀卿之、爲、也。其原出于禮經。樸而飾。不斷而節。及、孔臧司馬遷爲、之。章約句制。奡不可理。其辭深而旨文。確乎其不頗者也。其趣不兩。其于物無彊。若枝葉之坿其根本。則、賈誼之、爲、也。其原出于屈平。斷以正誼。不由其曼。其氣則引費而不可執。循有樞。執有廬。頡滑而不可居。開決宧窔。而與萬物都。其終也。芴莫而神明爲之橐。則、司馬相如之、爲、也。其原出于宋玉。揚雄恢、之。脇入竅出。緣督以及節。其超軼絕塵而莫之控也。其波駭石咢而汩乎其無垠也。張衡盱盱。塊若有餘。上與造物爲友。而下不遺埃壒。雖然其神也充、其精也荼。及王延壽張融爲之。傑格拮撥。釣孑苴牾而傲佹可觀。其于宗也無蛻也。平敞通洞。博厚而中大。而無瓠孫而無弧。指事類情必偶其徒、則班固之爲也。其原出于相如。而要之使夷昌之使明。及左思爲之。博而不沈。贍而不華。連犿焉而不可止。言無端厓。倣倪以爲質。以天下爲郛廓。入其中者。眩震而謬悠之、則阮籍之爲也。其原出于莊周。雖然其辭也悲。其韻也迫。憂患之辭也。塗澤律切。荂藪紛悅。則曹植之爲也。其端自宋玉。而枘其角。擢其牙。離其本而抑其末。浮華之學者。相與尸之。率以變古。揖揖乎改繩墨。易規矩。則佞之徒也。不揖于同。不獨于巽。其來也首首。其往也叟叟。動靜與適。而不爲固植。則陸機潘岳之爲也。其原出于張衡、曹植、矯矯乎振時之儁也。以情爲裏。以物爲褮。鑱雕雲風。琢削支鄂。其懷永而不可忘也。坌乎其氣。煊乎其華。則謝莊鮑昭之爲也。江淹爲最賢。其原出于屈平九歌。其掩抑沈怨。冷冷輕輕。其縱脫浮宕。而歸大常。鮑昭江淹其體則非也其意則是也逐物而不反騁蕩而駁舛俗者之圍而古是抗其言滑滑而不背于塗輿則庾信之爲也其規步矱騄則揚雄班固之所引銜而控轡惜乎拘于時而不能騁然而其志達其思哀其體之變則窮矣後之作者概乎其未之或聞也。

又按祝氏古賦辨體云嘗觀古之詩人其賦古也則于古有懷其賦今也則于今有感其賦事也則于事有觸其賦物也則于物有況情之所在索之而愈深窮之而愈妙彼其于辭直寄焉而已矣後之辭人刊陳落腐惟恐一語未新搜奇摘艷惟恐一字未巧抽黃對白惟恐一聯未偶回聲揣病惟恐一韻未協辭之所爲罄矣而愈求妍矣而愈飾彼其于情直外焉而已矣蓋西漢之賦其辭工于楚騷東漢之賦其又工于西漢以至三國六朝之賦一代工于一代辭愈工則情愈短而味愈淺則體愈下建安七子獨王仲宣辭賦有古風至晉陸士衡輩文賦等作已用俳體流至潘岳首尾絕俳迨沈休文等四聲八病起而俳體又入于律矣徐庾

繼出。又復隔句對聯。以爲騈四儷六。簇事對偶。以爲博物洽聞。有辭無情。義亡體失。此六朝之賦。所以益遠于古。然其中有安仁秋興明遠舞鶴等篇。雖曰其辭不過後代之辭。乃若其情。則猶得古詩之餘情矣。于此益歎古今人情如此。其不相遠。古詩義其終不泯也。

第十五章　唐宋

自六朝、沈約倡四聲八病之說。而俳賦始入于律。徐陵庾信。又隔句相對。以成四六。而律體益細。及隋唐兩朝。以詩賦取士。而律賦乃益盛行。要之均可謂爲騈賦已爾。祝堯云。唐人之賦。大抵律多而古少。夫雕蟲道喪。頹波橫流。風騷不古。聲律大盛。句中拘對偶。以趨時好。字中揣聲病。以避時忌。孰肯學古。或就有爲古賦者。率以徐庾爲宗。亦不過少異于律爾。甚而或以五七言之詩四六句之聯。以爲古賦者。中唐李太白天才英卓。所作古賦。差强人意。但俳之蔓雖除。而律之根故在。雖下筆有光焰。時作奇語。然只是六朝賦爾。惟韓柳諸古賦。一以騷爲宗。而超出俳律之外唐賦之古著古于此至杜牧之阿房宮賦古今膾炙但太是論體不復可專目爲賦矣毋亦惡俳律之過而特尚理以矯之乎吁先正有云文章先體製而後文辭學賦者其致思焉案唐律賦以王棨黃滔爲最著其次則宋璟梅花賦亦盛稱于時而白香山之賦賦尤能備作賦之情狀亦學者所不可不知者也今具列于下梅花賦云

垂拱三年余春秋二十有五戰藝再北隨從父之東川授館舍時病連月顧瞻圮牆有梅一本敷葩于榛莽中喟然嘆曰斯梅托非其所出羣之姿何以別乎若其貞心不改是則可取也已感而成興遂作賦曰

高齋寥閴歲晏山深景翳翳以斜度風悄悄以亂吟坐窮簷以無朋命一觴而孤斟步前除以躑躅倚藜杖于牆陰蔚有寒梅誰其封植未綠葉而先葩發青枝于宿櫱擢秀敷榮冰玉一色胡雜遝于衆草又蕪沒于蓁棘匪王孫之見知羌潔白其何極若夫瓊英綴雪絳萼著霜儼如傅粉是謂何郎清馨諸襲疎蕊暗臭又如

𢾰香是謂韓壽凍風晚濕夙露朝滋又如英皇泣于九疑愛日烘晴明蟾凍夜又如神人來自姑射烟晦晨昏陰雲晝閟又如通德掩袖擁髻狂飈捲沙飄素擁柔又如綠珠輕身墜樓半含半開非默非言溫伯雪子目擊道存或俯或仰匪笑匪怒東郭愼子正容物悟或憔悴若靈均或欹傲若曼倩或嫵媚如文君或輕盈如飛燕口吻雌黃擬議難偏彼其秇蘭兮九畹采蕙兮五柞緝之以芙蓉贈之以芍藥玩小山之叢桂掇芳洲之杜若是物皆出于地產之奇名著于風人之托然而豔于春者望秋先零盛于夏者未冬已萎或朝蕣而速謝或夕秀而遄衰曷若茲卉歲寒特妍冰凝霜沍擅美專權相彼百花孰敢爭先鶯語猶蟄蜂房未喧獨步早春自全其天至若棲迹隱深寓形幽絕恥鄰市廛甘遯巖穴江僕射之孤燈向寂不怨悽迷陶淵明之三徑挨鬧曾無愔結諒不移于本性方可儷乎君子之節聊染翰以寄懷用垂示于來哲按此賦頗極嫵媚而自具風骨于此見廣平懷抱之奇與淵明閒情可稱雙璧然厥體猶未純全爲律也若裴度之鑄劍戟爲農器

賦以天下無事務農息兵爲韵則純乎律體矣然其措詞布局頗覺謹嚴典重一起尤能自見懷抱因話錄謂憲宗平蕩宿寇數致太平正當元和十三年而晉公以文儒作相竟立殊勳爲章武佐命觀其辭賦氣概豈得無異日之事乎又云進士李爲作淚賦及輕薄暗小四賦李賀作樂府多屬意花草蜂蝶之間二子竟不遠大文字之作可以定命相之優劣矣然則茲事雖細託體亦不可不弘遠也晉公此賦允與廣平抗衡故特錄之其詞云

皇帝嗣位之十三載寰海鏡清方隅砥平驅域中盡歸力穡示天下不復用兵于是銷鋒鏑而倣載南畝庤錢鎛而平秩西成所以殄凶器降嘉生收禍亂之根本致兆庶之豐盈者也既而清天步虛武庫劍鍔銷戟鋩露當時出匣揮獷俗以來賓今日在鎔惟良工之所鑄長鎩倏爾而從革覃耜忽焉而中度廢六月之遄征興三時之盛務觀乎聚而改煎歛飛燄而涌烟從而再造將分地而用天宜人之歌允符于假樂多稼之頌式合于大田若夫弓戈櫜戢于寧歲牛馬放歸于豐年

徒虛語耳胡可比焉則知先利其器欲善其事俾汙萊之盡闢由兵革之不試洪爐既鍛失似雪之鋒鋋緣野載耕佇如雲之苗穟昔用之而有所雖弭之而不棄矧國家以教令爲車徒故器械可得而無以道義爲封域故戰爭可得而息由是執帝堯之允恭復后稷之訓農理化資于地力福祥致于天宗此乃慶自一人風行九野建中于上返本于下下臣系而稱曰秦金狄兮未仁周無射兮非雅豈若我后之重穀盡濟羣生于良治按唐人律賦多用短篇蓋循齊梁之舊其轉韻處首句每卽入韻段落最爲明晰而于所限官韻尤任意取押不拘先後非若清代之必須順序遞押也然而律賦已愈趨而愈細密矣至香山賦賦以賦者古詩之流也爲韻亦律體也其詞云

賦者古詩之流也始草創于荀宋漸恢張于賈馬冰生乎水初變本于典墳青出于藍復增華于風雅而後諧四聲祛八病信斯文之美者我國家恐文道寖衰頌聲陵遲乃舉多士命有司酌遺風于三代詳變雅于一時全取其名則號之爲賦

雜用其體亦不違乎詩四始盡在六藝無遺是謂藝文之儆策述作之元龜觀夫義類錯綜詞彩分布文諧宮律言中章句華而不艷美而有度雅音瀏亮必先體物以成章逸思飄颻不獨登高而能賦其工者究精微窮旨趣何慚兩京于班固其妙者抽祕思騁妍詞豈謝三都于左思掩黃絹之麗藻吐白鳳之奇姿振金聲于寰海增紙價于京師則長揚羽獵之徒胡可比也景福靈光之作未足多之所謂立意爲先能文爲主炳如繢素鏗若鐘鼓郁郁哉溢目之黼黻洋洋乎盈耳之韶武信可以凌轢風騷超逸今古者也今吾君網羅六藝澄汰九流微才無忽片善是求況賦者雅之列頌之儔可以潤色鴻業可以發揮皇猷客有自謂握靈蛇之珠者豈可棄斯文而不收

又王棨江南春賦以北地晴游暉連水隔爲韵云

麗日遲遲江南春兮春已歸分中元之節候爲下國之芳菲煙羃歷以堪悲六朝故地景葱籠而正媚二月晴暉誰謂建業氣偏勾吳地僻年來而和煦先遍寒少

而萌芽易坼誠知青律吹南北以無殊爭奈洪流亘東西而是隔當使蘭澤先暖蘋洲早晴薄霧輕籠于鍾阜和風微扇于臺城有地皆秀無枝不榮遠客堪迷朱雀之航頭柳色離人莫聽烏衣之巷裏鶯聲于時衡嶽雁過吳宮燕至高低兮梅嶺殘白邐迤兮楓林列翠幾多嫩綠猶開玉樹之庭無限飄紅競落金蓮之地別有鷗嶼殘照漁家晚烟潮浪渡口蘆筍沙邊野葳蕤而繡合山明媚以屏連蝶影爭飛昔日吳娃之徑揚花亂撲當年桃葉之船物盛一隅芳連千里闘暄妍于兩岸恨風霜于積水靄靄而雲低茂苑謝客吟多萋萋而草夾秦淮王孫思起或有惜嘉節縱良游蘭橈錦纜以盈水舞袖歌聲而滿樓誰見其曉色東皐處處農人之苦夕陽南陌家家蠶婦之愁悲夫艷逸無窮歡娛有極齊東昏醉之而失位陳後主迷之而喪國今日并爲天下無江南兮江北

又沛父老留漢高祖賦以願止前驅得申深意爲韻云

漢祖還鄉兮鑾駕將還沛中父老兮留戀潸然憶故舊于干戈之後叙綢繆于旌

旆之前。白髮多傷。鳳輦願停于此日。翠華一去。皇恩再返于何年。昔以羣盜幷興。我皇斯起。英明天授。其昌運神武。日闡于舊里。今則秦楚勢傾。鼓鼙聲止。聖代而陽和煦物。元首明哉。暮年而蒲柳傷秋。老夫耄矣。然而黃屋才降。丹誠未申。豈可風馳天仗。雷動車輪。一則以情深閭里。一則以義重君臣。隆準龍顏。昔是故鄉之子。棒觴獻壽。今爲率土之人。乃曰陛下刱業定傾。順天立極。臣等犬馬難效。星霜屢逼。窺泗水則淒若舊風。指芒碭則依然故邑。眷戀難盡。汍瀾易得。昔日望雲之瑞。豈有明言。當時貰酒之家。堪驚默識。帝乃駐天步。遂人心。戈矛山立。貔虎烟森。草澤初興。雲路而蛟龍奮翼。鄉園重到。煙空而鸞鵠歸林。時也親友咸臻。少年幷至。縱兆民如子。恩更洽于故人。雖四海爲家。情頗深于舊意。往事如覩。流光若驅。望幸誠異。攀轅則殊。交遊既阻于秦時。堪悲今昔。黎庶正忻于堯日。自恨桑榆已而雙淚盡垂。一言斯獻。請沛爲湯沐之邑。實臣愜死生之願。是使萬歲千秋。杳冥無恨。

又黃滔漢宮人誦洞簫賦。以清韻獨新宮娥諷誦爲韻。云

王子淵兮誰與倫洞簫賦兮清且新麗藻上聞于天子妍詞徧誦于宮人名價有茲寫札于御箋形管風流無比吟哦于貝齒朱唇斯賦也述江南之翠竹生彼雲谷甘露朝灑瑞烟晴撲般斤遽取于貞勁夔律乃知其蘊蓄旣而植物惟一樂工惟獨九重聖主俄聆于玉韻金聲兩掖佳人爭致于瑤編繡軸授受相從形闈絳宮始喧喧而歷覽遂一一而精通十二瓊樓不唱鸞歌于夜月三千玉貌皆吟鳳藻于春風莫不魯殿慚魂巫山破夢應致墨客以心死解得紅粧之口諷時時桂席驚飄舞雪于羅衣往往蘭臺誤下歌塵于綺棟于時閒趙瑟寢秦箏駐雲雨咽咸英飄春而御苑花拆當夏而幽闈景淸如燕人人郤以詞鋒而厲吻雕龍字字爰于禁署而飛聲泉噴香喉雲靡綠鬢豈貫珠之歌同調固如簧之言別韻遂使霞窗觸處不吟紈扇之詩樂府無人更重箜篌之引斯則琴賦與笛賦奚過才子獲才人詠歌體物之能有是屬詞之道如何一千餘字之珠璣不逢漢帝三十六

宮之牙齒詎啓秦娥方今天鑒求文詞人畢用有才可應于妃后工賦足流于嬪從洞簫之作兮何代無誰繼當時之吟誦按棨字輔文滔字文江其所撰律賦佳者甚衆略采數篇以見一斑同時若韓退之柳子厚杜牧之輩咸不以律賦爲然目爲優俳所作其所撰述一以楚漢爲宗然牧之阿房宮大似論體亦未免矯枉過正至宋歐陽蘇氏出更類長短句韵文全失賦家本旨故祝堯云宋人作賦其體有二曰俳體曰文體后山謂歐公以文體爲四六夫四六者屬對之文也可以文體爲之至于賦若以文體爲之則是一片之文押幾箇韵爾而于風之優游比興之假託雅頌之形容皆不兼之矣晦翁云宋朝文明之盛前世莫及自歐陽文忠公南豐曾公與眉山蘇公相繼迭起各以其文擅名一世傑然自爲一代之文獨于楚人之賦有未數數然者觀于此言則宋賦可知矣祝氏所言如此是宋賦當可勿論然淸人猶有盛稱秋聲赤壁爲絶作者要皆阿私所好不足信也總之賦肇于周秦而極盛于兩漢始衰于魏晉式微于南朝極變于李唐逮宋而寖焉

澌滅盡矣無足述矣明清兩朝號能復古然模擬仿佛襲貌遺神虎豹之鞹猶犬羊之鞹終無有能摩班張之壘而窺揚馬之門者矣追論屈宋云乎哉追論風雅云乎哉作辭賦學綱要訖

辭賦學綱要　完

及門諸子同校